经典写作课
WRITING

作家的信念
生活、技巧、艺术

The Faith of A Writer
Life, Craft, Art

〔美〕乔伊斯·卡罗尔·欧茨 著
Joyce carol oates
刘玉红 译

人民文学出版社
PEOPLE'S LITERATURE PUBLISHING HOUSE

著作权合同登记号　图字 01-2019-2454

Joyce Carol Oates
THE FAITH OF A WRITER：LIFE，CRAFT，ART
Copyright © 2003 by The Ontario Review，Inc.
This edition published by arrangement with HarperCollins Publisher.
All rights reserved.

图书在版编目(CIP)数据

作家的信念：生活、技巧、艺术/(美)乔伊斯·卡罗尔·欧茨著；刘玉红译.—北京：人民文学出版社，2021
(经典写作课)
ISBN 978-7-02-015564-4

Ⅰ.①作… Ⅱ.①乔… ②刘… Ⅲ.①散文集-美国-现代 Ⅳ.①I712.65

中国版本图书馆 CIP 数据核字(2019)第 263082 号

责任编辑	甘　慧　欧雪勤
装帧设计	高静芳

出版发行	人民文学出版社
社　　址	北京市朝内大街 166 号
邮政编码	100705
印　　制	上海盛通时代印刷有限公司
经　　销	全国新华书店等
字　　数	83 千字
开　　本	889 毫米×1194 毫米　1/32
印　　张	4.25
插　　页	2
版　　次	2021 年 5 月北京第 1 版
印　　次	2021 年 5 月第 1 次印刷
书　　号	978-7-02-015564-4
定　　价	35.00 元

如有印装质量问题，请与本社图书销售中心调换。电话：010-65233595

献给丹尼尔·哈尔彭 ①

① 丹尼尔·哈尔彭（Daniel Halpern），美国哈珀·柯林斯出版社总编，该出版社为全球最大的英文书籍出版商之一。——译者注（除了特别说明，全文脚注皆为译者注，以下不再标出。）

目录

引言	i
我的作家信念	001
纽约市尼亚加拉县第七区学校	002
初恋：从《炸脖龙》到《摘罢苹果》	010
致年轻作家	018
跑步与写作	023
"我不知何罪之有……"	029
失败随记	040
灵感！	060
阅读中的写作：工匠中的艺术家	074
自我评判的神秘艺术	104
作家的工作室	113
金发雄心：乔伊斯·卡罗尔·欧茨访谈（克雷格·约翰逊）	118
我和"JCO"（追随博尔赫斯）	125

引 言

写作是最孤独的艺术创作。作家为了创造一个"虚假的"——"隐喻的"——反世界,离群索居,这种行为本身就如此与众不同,令人费解。我们为什么写作?我们为什么读书?我们创造隐喻究竟出于何种动机?为什么我们中的一些人——有作家,有读者——将这个"反世界"看作一种流行文化,它有时排斥真实的世界,而我们却可以生活其中?这些问题我思考了大半辈子,却一直无法得出颇有说服力的定论,只能退而求其次,借弗洛伊德晚年在其基调阴郁的文章《文明及其不满》里所言,"美无明显用处,美于文化也非必需品,然而,文明却不能没有美"。

本书收入的文章跨越多个年头,于我而言,其中的每一篇都代表了我写作的一个方面。当然,这种所谓的创作冲动始于儿时,儿时的我们都是热情洋溢的艺术家,因此有几篇是关于童年的经历及其爱好。理想的写作是个人想象和公共世界之间的平衡,前者充满激情,但不成熟,后者完全成型,易于归类和评价,因而有必要将写作这种艺术视为一种技巧。没有技巧,艺术只能是自言自语;没有艺术,技巧只能是粗制滥造。本书的大部分文章谈的就是这个问题,其中《阅读中的写作:工匠中的艺术家》这一篇说得最清楚,它聚焦几部小说,进行重点分析。年轻作家或初学写作者必须博览群书，读无止境，读经典名著，读当代之作。不专心研究写作技巧的历史，你永远只是个业余作者；对于业余者，创造性写作百分之九十九都是靠热情。

既然创作是孤独的，却又是一门艺术，那么我们可以"认识认识"它。虽然我们的写作生发于无意识，但可以变得"有意识"，在某种程度上甚至可以变得非常机敏。当然，我们不仅可以从自己的错误中学习，也可以从他人的错误中学习。他人的灵感可以激发我们的灵感。在《失败随记》《灵感！》和《自我评判的神秘艺术》这几篇文章中，我认为不同的作家在心理学/审美方面存在着某种共性，这种共性，单个的作家如亨利·詹姆斯、詹姆斯·乔伊斯、弗吉尼亚·伍尔夫等等或许没有意识到。这些作家和我们大多数人一样，认为创作就是各自为政。迟早，所有的作家都会有这样一种奇怪的错位感：我们既是又不是那个"写作的自我"（见《我和"JCO"》）。这种错位感在时间中体现得尤为明显。

人们常问作家，你是什么时候知道自己会成为一个作家的？对我来说，这个问题是个谜，无法回答。我首先想到的就是不去想自己是一个正式意义上的"作家"，这有炫耀之嫌。我讨厌那种故作高深的腔调，讨厌那种预言家式的自命不凡。在生活中碰到这种腔调已经够糟了，在自己内心里碰到这样的腔调更糟！

《作家的信念》即兴而谈，无意说教。它谈的是写作的过程，而不是谈作家这个令人不安、难以确定的身份。我从不希望把自己的所作所为上升为他人的信条，我做人如此，写作也如此。所有这些文章的言下之意就是我一直万分惊奇，孤独的个体是如何屈从于公共空间的，哪怕有时是在去世之后。我们开始写作时都是孤独的，我们有些人确实笃爱孤独；我们如果在艺术道路上坚持不懈，在磨炼技艺时毫不气馁，就有可能在文学这个神秘的反世界里找到慰藉。这个世界超越了人为设置的时间、地点、语言和国别之地界。从个体的孤独中，这一文化萌发，变幻，魅力无穷，进化不断。

2003年3月

我的作家信念

我相信，艺术是人类精神的最高表现。

我相信，我们渴望超越平凡和短暂，渴望投身到我们称之为"文化"这种神秘而公共的生活中——作为种群，这种渴望和我们繁殖后代的渴望一样强烈。

我们写的是本土，是地域，发出的是个人之声。多少人对我们一无所知，但我们努力创作出来的艺术作品却可以和他们进行交流。我们彼此陌生，却由此产生了意想不到的亲密感。

个体的声音就是公共的声音。

地域的声音就是世界的声音。

纽约市尼亚加拉县第七区学校

有些事情，儿时的我认为是理所当然的，今天回想起来却是不可思议：从1943年到1948年，我在西纽约的一所单间校舍里从一年级一直读到五年级，那里也是我母亲卡罗利娜·布什二十年前上学的地方。在那几年里，除了四十年代早期开始有了电，房子搞了一点小翻新，还不包括安装室内水管，学校几乎没有什么变化。学校建于二十世纪初，位于布法罗往北二十五英里，洛克波特往南七英里，离米勒斯波特街区的十字路口不远。房屋为木质结构，粗石地基，构造粗犷，没有装饰，风雨剥蚀，冬冷夏热。我常常说——我爱我的第一所学校！这话可能是真的。

八月末，我想到九月劳动节一过，学校马上就要开学，便带上新的铅笔盒和午餐盒，从家里走上将近一英里路，来到学校，坐在校舍前的石阶上，就是坐在那里，憧憬着开学，或许就是享受那份安静和宁和。一旦开学，这样的安静和宁和便没有这么浓厚了。

（也许没人记得那时的铅笔盒了吧？它们和午餐盒一般大小，有几个小屉子，顺溜地打开，露出新削好的黄色"铅"笔、"绘儿乐"牌蜡笔、橡皮擦、圆规。午餐盒大概也没人记得了，它们和铅笔盒一般大小，不同的是，铅笔盒散发出"绘儿乐"牌蜡笔美妙的香味，午餐盒里的牛奶装在保温瓶里，还有熟透的香蕉、熏肠三明治和蜡纸，这些东西很快会发出难闻的气味。）

在我的记忆中，学校比我儿时的脸庞更清晰，它离托纳旺达溪路这条粗糙的鹅卵石路约有三十英尺远，边墙嵌有六扇高高的窄窗，前墙的窗子很小，瓦板屋顶倾斜得厉害，下大雨时经常漏水，屋前所谓的"入口"像小棚屋，阴暗，有臭味。就是这样一幢圆顶屋，挂着一个上课铃，招呼学生们进教室，没有比这更浪漫的了。（我们的老师迪茨夫人摆出女汉子的架势，站在门口打铃，她强壮的右臂如同砍瓜切菜般用力挥舞，铃声刺耳，这是她作为成年人的权威。）学校后面有个斜坡，长满石南，植被茂密，顺坡而下，来到"抽筋河"——宽宽的托纳旺达溪，泥水浑浊，水流湍急，学校不准学生去那里玩耍或探险。学校两边都是抛荒的空地，野草丛生，"厕所"是简陋的木头外屋，男孩子在左边，女孩子在右边，没有遮盖的排水道，污水横流，潺潺淌入河中，天暖时发出阵阵恶臭。（河岸不远处是大一些孩子的游泳场，那时没有多少"受污染"的意识，农家孩子充满活力，没那么挑剔。）

学校前面和两侧有临时建起的运动场，我们玩的都是即兴游戏，如"可以不？"，这个游戏包括"宝贝-"和"巨人迈步"——还有"砰砰拖走"，这个游戏更吵闹，更粗野，你有可能被拽过一大片煤渣堆，甚至给扔到煤渣堆里。还有"追踪"，我喜欢这个游戏。我自从学会跑以后，就很善跑，只要需要，我很小的时候就可以跑得飞快。

乔伊斯跑得像头鹿！一些男孩子追我，就像追其他更小的孩子，想吓唬、欺负我们，拿我们取乐，他们看我跑得快，都会佩服地这么说。

屋里，那个烧木柴的大肚子火炉和清漆发出刺鼻的气味，弥漫整个校舍。我们这个地方在纽约州的北部、安大略湖的南边和伊利湖的东面，天空经常阴沉沉的，窗户透出薄纱似的微光，天花板的灯光也没能让屋里亮堂多少，我们眯起眼睛看黑板，讲台小，黑板显得很远，迪茨夫人的书桌也在那里，在屋子的左前方。我们按排分坐，小个子坐前排，大个子坐后排，凳脚带金属滑槽，像平底雪橇。在我眼里，这些木头书桌挺漂亮，桌面光滑，发出七叶树一般的红光，铮亮铮亮的，木地板没有上漆，黑板左上角软绵绵地挂着一面美国国旗，横跨屋子前方，用"帕克书法"画出形状漂亮的方块，这一设计强烈地吸引我们虔诚的注意力。

当然，迪茨夫人娴熟这一书法。她在黑板上写出词汇和拼音表，我们模仿她，像科学家演算化学方程式那样以无比的精确来学习"图解"句子。我们通过大声朗读来学习阅读，通过大声拼读来学习拼写。我们记忆，我们背诵。我们很少有新课本，这些课本属于学区的，一年一年传下来，直到用烂。我们的"图书馆"是一两个书架，上面摆有书，其中有一本《韦氏词典》，它很让我着迷：一本里面有字词的书！在我看来，这是一个充满秘密的宝库，谁要是愿意去翻看，就能收获宝贝。

实际上，我最早的阅读体验便是来自这本词典。我们家里没有词典，直到我五年级在《布法罗新闻晚报》赞助的一次拼写比赛会上获奖，才得到一本词典，和学校的这本差不多。这本词典就像那两本爱丽丝故事书一样，陪伴了我几十年。

我早年的"创作"经历不是从纸质书而是从彩色绘本起步的，比我学会读书还早。我六岁上一年级，才开始学习阅读，可已经创作了相当数量的"书"，就是在便笺簿上涂涂写写画画，我相信大人就是这样创作的。我最早的虚构人物是画出来的，线条粗糙，但充满热情，都是些正直的小鸡小猫，它们有着形形色色戏剧性的遭遇。我在便笺簿上创作了第一部完整的长篇小说，名叫《猫屋》。(这《猫屋》多少依然还在。在我的整个生活中，虽然不太可能，但我似乎就是那种既早熟又天真的人。)

我开始学习阅读后，所读东西大多和上课有关，另外就是家里那几本书，包括埃德加·爱伦·坡那本吓人的《金甲虫及其他故事》，这是我父亲的书，我到底读懂了多少，我自己也不知道。在我们的记忆中，坡的经典故事和恐怖电影一样，充满游刃有余的梦魇，撼人心魄，其实，坡创作的这些故事非常注重形式，迂回曲折，文风哪怕不是晦涩的，也是华丽的。不过，我仍然坚持不懈，小小年纪就"读"起了埃德加·爱伦·坡，天知道这样的体验对我产生了什么样的影响。(怪不得我看到保罗·鲍尔斯[①]把他的第一部故事集《机智的猎捕》献给他的母亲，立刻感到无比亲切，因为他小时候，他母亲就是给他读坡的故事的。)

[①] 保罗·鲍尔斯 (Paul Bowles, 1910—1999)，美国小说家、作曲家、旅行家、编剧、演员。作品有《情陷撒哈拉》(*The Sheltering Sky*, 1949) 等。

小时候，我认为书这个神秘的世界分为两种，一种是小孩子看的书，一种是大人看的书。这个想法没有任何一个大人纠正我，因为我压根儿没想过要跟任何大人提起。给小孩子看的书就是我们的小学课本，单词、语法和内容简单幼稚，所讲的东西都是虚假的、不可信的、异想天开的，就像童话故事、连环漫画、迪士尼电影，这些读物也许有意思，甚至有教育意义，但不真实。真实属于大人的王国，虽然我有五年是家里的独养女，身边都是大人，可我是局外人，进不了他们那个王国，甚至都想象不出来。为了进入那个真实的王国，为了找到一条路进去，我读起了书。

热切地，强烈地！仿佛我生命的意义全在于此。

我最早读的或努力想读懂的一本书，是从学校图书馆借来的一部作品集，老旧的《美国文学文库》，大概是在"二战"前出版的，收入的作品是我们新英格兰的经典之作，好些作家我们今天大多忘记了（詹姆斯·怀特康伯·赖利①、尤金·菲尔德②、海伦·亨特·杰克逊③）——当时我还太小，不知道霍桑、爱默生、坡、麦尔维尔等等都是"经典作家"，甚至不知道他们讲述的那个美国已经不存在，对许多我们这样的家庭而言，是

---

① 詹姆斯·怀特康伯·赖利（James Whitcomb Riley, 1849—1916），美国作家、诗人和畅销书作者。他因用印第安方言写诗而被称为"胡希尔人诗人"，因创作儿童诗歌而被称为"儿童诗人"。
② 尤金·菲尔德（Eugene Field, 1850—1895），美国诗人和专栏作家，擅长儿童诗歌和幽默随笔，以儿童诗人而出名。
③ 海伦·亨特·杰克逊（Helen Hunt Jackson, 1830—1885），美国作家，颇为多产，主要以同情印第安人、维护印第安人利益的作品而为人所称道。

永远不存在了。我相信,真实完全掌控在这些作家(清一色的男性)手里。他们的真实和我的真实截然不同,不过这并不会引起我的怀疑,甚至不会降低这种真实,反而强化了它:大人写的东西代表了智慧和权力,很难懂,但不容置疑。这些可不是小孩子那些好懂的幻想故事,它们可是地道真货,是成年人真实可靠的声音。我强迫自己每次都读很长时间,读那些纸张发黄、书角卷起、字形雅致的作品,记住的很少,但无比着迷于另一个陌生的声音,它总在耳畔回响。我对付这样的书,就像对付一棵难爬的树(如桃树),段落长长,含义深奥,和我们纽约米勒斯波特说的美式英语大不相同,和我们识字课本里的句子也截然不同,读起来对体力都是一种挑战。这些作家只是一些名字,一些词语,充满异国情调的词语:"华盛顿·欧文"——"本杰明·富兰克林"——"纳撒尼尔·霍桑"——"赫尔曼·麦尔维尔"——"拉尔夫·沃尔多·爱默生"——"亨利·戴维·梭罗"——"埃德加·爱伦·坡"——"塞缪尔·克莱门斯"。这本集子没有收入艾米莉·狄金森,我到高中才开始读狄金森。我没把这些尊贵的人当作真实存在,不像我父亲和祖父那样活生生的人,写着他们名字的作品就是他们。就算我没法全懂所读的东西,我也至少知道那是真实的。

那是我第一次读到第一人称的叙述,这种(似乎)没有任何中介的真实令我印象深刻。出于某种原因,写给孩子读的书极少用第一人称,刘易斯·卡罗尔笔下的爱丽丝叫"爱丽丝"这个名字,总是感觉有距离,而我努力想读懂的成年作家有很多都用第一人称,很有说服力。我区分不了梭罗和爱默生的第一人称（非虚构的）与欧文和坡使用的第一人称（完全是虚构的）。就算到今天，我想起坡的《怪异之魔》，还得思索它到底是一篇忏悔文（行文架势是这样的），抑或是《怪异故事集》里一篇纯粹的故事。我可能从坡那里学到喜欢在不同体裁之间游移，用看似客观而诚挚的"真实"声音讲述超现实的东西。此外，坡还善于制造错觉，对人类心理的深刻思索不知不觉滑入超自然的叙述中，同时还能始终保持第一人称的声音。

有时我老在琢磨，为什么最早的、最"原始"的艺术形式是寓言的、传奇的、超现实的，讲的不是普通的、真实的男人和女人，而是神仙、巨人和魔鬼？为什么真实进化得如此缓慢？似乎我们的祖先往镜子里一看，给自己的嘴脸吓坏了，于是希望看到别的东西——奇异的、可怕的、令人宽慰的、理想化的或妄想的——反正就是*他者*的东西。

我想到迪茨夫人：她绝对是个英雄！薪酬少，不受重视，工作量大，只有一间教室，要教八个不同的年级。不仅如此，她还要维持课堂纪律，大一些的男孩大多不情愿上学，一心等着过他们的十六岁生日，按照法律，到时候他们就可以摆脱学校，和父亲一起在家里的农场做工。这些孩子跟着父亲学习捕兽打猎，他们"逗弄"（当时还没有"骚扰"这个说法）小一些的孩子从不留情。（这种"逗弄"有时非常手狠，如果迪茨夫人不知道，它肯定会演变成我们今天更文明的说法，那就是"攻击"和"性骚扰"——不过那是另外的故事了，与我们对童年的浪漫怀旧格格不入。）迪茨夫人还负责照看我们那个烧木柴的炉子，那是学校唯一的供暖设备。在纽约北部，严冬时节的早晨常在零度以下，疾风阵阵，寒气刺骨，我们一整天都得戴着手套、帽子，穿着大衣，穿着靴子的双脚不断跺着通风良好的木地板，不让脚趾冻僵……我只能想象可怜的迪茨夫人是如何熬过身体的、情感的和心理的种种艰难困苦的，对她油然而生一种迟到的亲近感。在我小时候，她犹如巨人一般，在我的记忆中，没有哪个老师像她那般形象高大，那样令人印象深刻，因为不是别的老师而是她教会我基本的阅读、写作和"做"算术，现在这些于我如呼吸一样自然。我感激迪茨夫人，因为她面对这样的苦活没有崩溃（至少表面上看不出来），因为她至少让课堂有了一些欢快的氛围。这所学校尽管有种种缺点和危险，但在我眼里，它就是圣殿：外面的世界混乱无序，粗俗不堪，这里是一个反世界。

第七区学校荒废了很长一段时间，教室钉上了木板，二十年前终于被夷为平地。之后有很长一段时间，我每每回米勒斯波特探望父母，总会多愁善感地去"朝圣"学校旧址，那里只剩下废弃的石头地基和一堆瓦砾。很快，如果还有人想起这种只有一间教室的学校，那也只能在照片里看到了，这些照片联系着神话时代的"美国边疆历史"，那时的人们过着质朴单纯的生活。

初恋:从《炸脖龙》①到《摘罢苹果》

在一个作家的生活中,最初有两种影响:一种是来自幼年时期的影响,这种影响来得很早,仿佛沉淀到我们的骨髓里,决定了我们之后对这个世界的理解;另一种影响稍后,那时我们长得够大,对环境可以有所控制,对环境的反应也可以有所控制。我们开始意识到情感的力量,也开始意识到艺术的技巧。

1946年我过八岁生日时,祖母送给我刘易斯·卡罗尔的《爱丽丝漫游奇境》和《爱丽丝镜中奇遇》两本书。我一个乡下孩子,生活在成天干活的农家里,很少有书读,也很少有时间读书,这一奇迹简直是从天而降。祖母的礼物有漂亮的布封面,印有古怪的动物,它们中间是那个永远一副吃惊模样的爱丽丝。这礼物是我童年的一大宝贝,对我的文学创作影响最为深远。这就是一见钟情!(我很可能一见到书就爱上书,我开始琢磨书脊和封面上印着的这个"刘易斯·卡罗尔"是个什么东西,还是个什么人?)

---

① Jabberwocky 在英语中指"无意义的文字游戏",是刘易斯·卡罗尔创造的。他在《爱丽丝镜中奇遇》中写了一首没有意义的诗,诗的题目就叫"Jabberwocky"。

毫无疑问，我把自己当成了爱丽丝，一头扎进兔子洞里，而且（或者）大胆地爬到镜子里，进到镜中世界。从某种意义上说，此后我就没有完全回归过"真正的"生活。

你记得吧，爱丽丝爬进家里客厅的镜子里（爱丽丝的"家"在书里一直没出现，爱丽丝总是一个人四处游逛），进到另一间客厅，那间客厅看上去和她家的一模一样。她孩子气地欢喜起来："噢，等他们来看见我到了镜子的这一边却又够不着我，那才好玩呢！"爱丽丝四下张望，明白了，"凡是从原来的房间里能看得见的东西都很普通，也没有趣，可是别的地方就截然不同了。比如挨近炉子的墙上的那些图画完全像活了似的，就连壁炉台上的那个钟面（你知道从镜子里只能看到它的背面）都变成一个小老头的脸，直冲着她笑呢"。①

我的女主人公就是这么出奇的自信，她和我年龄相仿，很不安分，我不可能猜出她来自另一种文化、另一个社会阶层。我特别佩服她的好奇心，比我还厉害，也很佩服她面对梦中情景和危险境况时的镇定，这我是做不到的。没出几个星期，我就记下了两本书的很多内容，谁要是愿意听，我可以背出差不多其中所有的诗歌。

（现在我还能背。有时我夜里醒来，按顺序一路背下来，心想这真奇怪！真奇妙！1898年，刘易斯·卡罗尔去世了，但"刘易斯·卡罗尔"这几个字永驻在活着的人的心底。奥登的这番话，真诚率直，令人难忘。）

---

① 这里和下面的引文均引自容向前、古里平、罗丹丹译的《爱丽丝漫游奇境记》和《爱丽丝漫游镜中世界》（译林出版社，1995），后面不再一一标注。

《爱丽丝漫游奇境》里的第一首诗也是我生命中的第一首诗。在现在的成年人眼里,它就像一首实验诗,像 E. E. 卡明斯或威廉·卡洛斯·威廉姆斯写的那种。这种好奇心令儿时的我着迷,激发我做了很多模仿,用"绘儿乐"牌蜡笔在建筑用纸上写写画画。这首诗没有题目,开篇就是一个令人吃惊的词"火厉狗"。诗歌状似老鼠的长尾巴,顺纸而下,最后,那些辛辣尖酸的话越来越小,几乎看不清。

火厉狗在屋子里
　　遇见个耗子
　狗说:
　让我们去见
老包
你耍赖皮
我要
把你告!
　　公堂上
　我们
见高低
今天没事
正好
　奉陪你!
耗子勇敢地
　　面对着狗儿:

没有物证

　　没有人证

　　　没有法官,

　　这种官司

　我不打

　　花这时间

　是浪费!

火厉狗说:

　我是人证

　我是物证

　我也是法官

　　判官陪审

　　全体一致

　　宣判你

　　死刑!

仿真,难读。一首神秘、无情的诗歌让一个孩子去解谜,去记忆,小小一首诗膨胀起来,大到成了一首史诗,让猫鼠之间不公平的关系显得滑稽可笑。爱丽丝的故事有一种对正义的渴望,可多数故事讲的却是非正义,这真是一种颠覆性文本。这是给孩子读的经典作品,却充满了垂死、死亡和被吃掉,也许更吓人的是,活生生的躯体变得奇形怪状。《火厉狗》这首诗本来是戏谑之作,是对遭难的老鼠表示同情,不过,火厉狗却是胜利者,是他说了算。他那只无名的老鼠/受害者虽然在书中的插图里挺有魅力,却连个名字都没有。

儿童文学并不介意描写残酷和虐待,尤其是过去的儿童文学。刘易斯·卡罗尔一辈子独身,童心伴他一辈子,他本能地理解孩子一旦面对引发焦虑的事情,如不公平、暴亡、失踪、被吃掉等等,就会紧张地大笑起来。爱丽丝书里的大多数诗歌初看古里古怪,细看你才明白其中的道理。很多诗写的是怒火迸发("砍掉他的头!"——"滚开,要不我踢你下楼!"),或者,成年人的判决无理至极,愚蠢得可笑,如:

> 大声咒骂你的孩子,
> 若打喷嚏就要打他;
> 他只是要你烦一烦,
> 只因为这一招很灵。

诗歌的节律越是喧嚣,孩子越是喜欢。我们大人听到这样的音韵,觉得是对诗歌的戏仿,其实它们戏仿的是成人诗歌的微妙之处。

不过,正是这首《炸脖龙》尖厉的音律和腔调给我留下了极深的印象。小孩子努力去理解语言,在任何时候,字词在他们眼里都充满魔力,这是大人制造的魔术,无比神秘,没有哪个孩子能分辨出"真实的"话语和荒谬的或"非真实的"话语。像刘易斯·卡罗尔这首才华横溢的《炸脖龙》的诗歌同时有两种效果,一是唤起孩子心中幼稚的焦虑(这些可怕的话是什么意思?),二是抚平这些焦虑感(别担心;你可以通过语境来读懂这些话)。在马丁·加德纳主编的《爱丽丝注释本》中,关于《炸脖龙》的脚注是小字号,有好几页。人们认为这是英语中最伟大的文字游戏诗。我痴迷于这些古怪的、秘密的语言,着迷于诗中梦一般的暴力行为。"炸脖龙"形象是约翰·特尼尔①最恐怖的漫画之一,那是一个带翅怪物,尾如大蟒,巨爪,它和一个手持利剑的小男孩迎面遭遇。我是个爱思考的孩子,肯定喜欢听人说,那个小英雄"手握巫剖剑",躲到"豚豚树旁边,/站在那儿盘算了片刻"。整首诗烙在我脑海里,想忘也忘不掉,天知道为什么。也许,一个孩子的奇思怪想可以成功抵御未知的(成人世界)。这是模仿英雄冒险的故事,不过我想,在我眼里,这语言本身最有魅力:"一,二!一,二!/完全又彻底/巫剖剑的刀刃砍得唏里咔嚓响!/他扔下它的尸体,拎起它的头颅/昂首阔步地走回了家。"

刘易斯·卡罗尔的诗歌对我写诗有什么影响?究竟有没有直接的影响?也许爱丽丝的故事对我看待生活的哲学观/形而上观的影响,要大过对我写诗的影响。在我的很多诗歌和小说的边缘地带,通常闪过怪诞或超自然因素,有如惊鸿一瞥。我还是个八岁孩子的时候,心中肯定充满了游戏和怪异的想法,二者旗鼓相当,挥之不去。刘易斯·卡罗尔或许会和蔼地问,这个世界难道不就是这个样子的吗?

当然,我在高中、大学和二十岁出头时一再读过的那些诗

---

① 约翰·特尼尔(John Tenniel,1820—1914),英国十九世纪下半叶著名的插图画家、幽默画家和政治漫画家。他因艺术成就显著,于1893年受封爵位。

人对我的写作影响更为直接,在他们中间,罗伯特·弗罗斯特①无疑当数第一,或许这也是注定的,因为弗罗斯特对美国诗歌的影响和惠特曼一样无所不在,不可估量。弗罗斯特的诗歌和刘易斯·卡罗尔的诗歌一样,直击我的灵魂。在我钟爱的《摘罢苹果》里,他那具有欺骗性的平实语言、微妙的音韵、优美的遣词、反讽和斯多葛似的结尾最为表露无遗。这首诗是我十五岁上高中时第一次读到的,它的卓越之美和忧郁于我而言意义非凡,我每每在自家果园里,站在梯子上摘苹果、桃子和樱桃时,都会想起这首诗,虽然父亲从来不许我在他那架"两点长梯"上爬得和他一样高。我从生活经历中明白了诗人是如何写出"脚底脚弓酸痛无休止,/梯子横杠挤压难忍受"的。弗罗斯特让我这样的年轻作家明白了,我们平日的生活看似普通,却可以转变为有价值的艺术,不是莎士比亚笔下那些高贵的国王、王后和贵族,那些写他们的诗歌精雕细琢,错综复杂,对年轻读者而言,仿佛是另一种陌生语言。弗罗斯特的诗歌里都是和我们一样的男人、女人和孩子,是典型的美国诗歌,人人可读。决定我们诗作的价值不在于我们写什么,而在于语言的严肃性和微妙性。

《摘罢苹果》浑如催眠,萦绕心头。我第一次读它时还是个少女,不过对那些严峻的沉思,我能感同身受,那是一个年长者(诗人?)回顾过往的生活,既有骄傲,也有懊悔。这首诗撼

---

① 罗伯特·弗罗斯特(Robert Frost,1874—1963),美国诗人,曾四度获得美国普利策诗歌奖,被称为"美国文学中的桂冠诗人"。

人的潜文本是无可避免的失去。我觉得，在下面的诗行里，我最能理解弗罗斯特：

> 苹果摘得太多，
> 我渴望大收获，
> 为此累得够呛。

这首诗是低调的悲剧之作，不过字里行间仍有一种敢于挑战的乐观之情，我们所有人都如此。

致年轻作家

写出你的心声。

绝不为你写的题材而感到羞愧,绝不为你为此投入的激情而感到羞愧。

你这些"被禁止的"激情有可能激发你的创作,就像我们美国伟大的戏剧家尤金·奥尼尔,他一辈子都恨他那去世已久的父亲;就像我们美国伟大的小说家欧内斯特·海明威,他一辈子都恨他的母亲;就像西尔维娅·普拉斯[①]和安妮·塞克斯顿[②],她们一辈子都在和诱人的死神做斗争,这死神引诱她们走向狂欢的自杀。陀思妥耶夫斯基有强烈的自残本能;弗兰纳里·奥康纳[③]对"非信仰者"有施虐倾向;埃德加·爱伦·坡害怕发疯,害怕做出不可饶恕、无法言说的事情——谋杀一个老年人或自己的妻子,挖出自己"喜爱的"宠物猫的眼睛。你和你那潜藏的自我或多个自我做斗争,由此生发出你的作品。这

---

① 西尔维娅·普拉斯(Sylvia Plath, 1932—1963),美国著名的自白派女诗人。1963年她最后一次自杀成功时,年仅三十一岁。她于1982年因"改变美国诗歌的创作方向"而被授予普利策诗歌奖。

② 安妮·塞克斯顿(Anne Sexton, 1928—1974),美国著名的自白派女诗人。1967年因诗集《生或死》获普利策诗歌奖。她是现代妇女解放运动的先驱之一,生前曾患有精神疾病,1974年自杀身亡。

③ 弗兰纳里·奥康纳(Mary Flannery O'Connor, 1925—1964),美国小说家、短篇小说作家和评论家,美国文学的重要代言人。

些情感是燃料，推动你写作，让流逝的时光和岁月在远隔一段距离的外人看起来是"作品"。没有这些难以被人理解的驱动力，你表面上可能是个快乐的人，社会归属感更强，但你不太可能创造出任何有意义的东西。

一个年长的作家能给年轻的作家什么样的忠告呢？只能是他或她多年前希望从别人那里得到的忠告：不要气馁！不要三心二意，老把自己的作品和同辈的作品相比！（写作不是赛跑，没人会真正"赢"。我们的满足来自付出的努力，如果得到什么奖赏的话，这些奖赏也极少能让我们满足。）再说一遍：写出你的心声。

博览群书，不找借口。想读什么就读什么，不是别人告诉你读什么才读什么。（哈姆雷特说："我不知何为'应该'。"）沉浸到你喜爱的作家的作品里，读遍他或她所有的作品，包括最早的作品，特别是最早的作品。一个伟大的作家在成为伟大之前，甚至在成为一个好作家之前，他或她会四下摸索，寻找自己的声音，也许就像你一样。

哪怕你不是为自己这一代人而写，也要为自己的时代而写，你无法为"后代"而写——这不存在。你不能为一个消失的世界而写，你可能不知不觉对着并不存在的听众讲话，你也许努力去讨某些人的喜欢，可做不到，他们也不值得你这样做。

（如果你觉得无法"写出心声"——那是禁区，令人尴尬，害怕伤害或冒犯他人的情感——那么你可以尝试一个可行的办法，那就是用笔名。使用"笔名"，你会获得美妙的解放，甚至回归童真。一个虚构的名字成为你写作的工具，并非与你相依。如果情况变了，你总可以认领那个写作的自我，你也随时可以抛弃这个写作的自我，另找一个。早年发表的作品难说是一种福分：我们都知道有些作家，只要不出版他们的第一部作品，他们无所不肯，他们会费尽周折，买回所有现存的版本。太晚了！）

（当然，如果你想过一种和教学、讲学、阅读相关的职业生活——你就得承认一个人人知道的作者名，但只有一个。）

别指望这个世界会公平待人，更别指望它有怜悯之心。

生活就是勇往直前，就像坐过山车："艺术"是冷静的选择，只能在回想中创造出来。不过，不要为写生活而过生活，因为这样的"生活"只能是做作矫情，毫无意义，最好创造另一种全新的生活，这要好得多！

在我们的生活历程中，大多数人会无数次爱上艺术作品。放任自己去钦羡，甚至去爱慕吧。（德加①多么崇拜马奈②！麦尔维尔多么爱慕霍桑！多少充满渴望、充满热情的年轻诗人视沃尔特·惠特曼为自己的文学之父！）如果你发现了一个兴奋的、有趣的、不安的声音或想法，那就投入身心，你可以从中受益。在我的生活中，我爱上（此后从未失去过这样的爱）的作家形形色色，各不相同，有刘易斯·卡罗尔、艾米莉·勃朗特、卡夫卡、坡、麦尔维尔、艾米莉·狄金森、威廉·福克纳、夏洛蒂·勃朗特、陀思妥耶夫斯基……前不久，我读了新版的

---

① 德加（Edgar Degas，1834—1917），法国印象派重要画家。
② 马奈（Édouard Manet，1832—1883），法国画家，十九世纪印象派的奠基人之一。

马克·吐温《哈克贝利·芬历险记》，我发现自己可以整段整段地背下这部小说。詹姆斯·托·法雷尔的《斯塔兹·朗尼根》三部曲①现在已经没人读了，我重读它们，发现自己也可以整段整段地背下来。还有艾米莉·狄金森的诗歌，有一些我可能比艾米莉·狄金森自己知道的还多，我记忆中的这些诗和她当时记忆中的这些诗是不一样的。还有威廉·巴特勒·叶芝、沃尔特·惠特曼、罗伯特·弗罗斯特、D. H. 劳伦斯的诗，在我第一次读这些诗的多年之后重读它们，依然会激动得浑身发冷。

别为自己是个理想主义者而感到羞愧，别为自己喜欢浪漫、有"渴望"而感到羞愧。如果你渴思的人们没有给你回报，你该知道，只要是没有回报的，你对他们的渴思很可能就是他们最可宝贵的东西。

对经典不要先入为主，对当代作品也是如此。时不时地挑一本不合你胃口或你相信不合自己胃口的书来读。这是一个男人的世界，如果一个女人满脑子都是女权主义情绪，那么她只会感到恼火和受伤。不过，如果以局外人的身份一窥内部，也许会有很多可了解的东西，会得到灵感。以二十一世纪的眼光去读荷马的《奥德赛》和奥维德的《变形记》这些伟大的作品，一个是古代的天才之作，另一个是令人震惊的"现代"之作，给男女读者留下的印象截然不同，女性该承认她感到不满，

---

① 詹姆斯·托·法雷尔（James T. Farrell，1904—1979），美国小说家，因《斯塔兹·朗尼根》（*The Studs Lonigan Trilogy*，1932，1934，1935）三部曲而知名。1960年，该三部曲被搬上银幕，1979年又被改编为电视连续剧，小说被评为二十世纪百部最佳小说之一，在现代图书馆排行榜上名列第二十九。

心生愤怒,希望看到"正义",甚至认为报复这种想法都是不错的,哪怕不是在她的生活里,也要在她的作品里。

在纸上,语言是一种冷静得近乎冰冷的媒介。我们和演员、运动员不同,我们愿意的话,可以重新想象、修订和完全重写语言。作品一旦付梓,就如刻在石头上,无法改变,但在那之前,我们对它仍有控制力,第一稿可能磕磕巴巴,劳心费神,不过下一稿将大有提升,令人兴奋。只要有信念:除非最后一句话已经写好,否则不要写第一句话。只有这样,你才知道自己要去哪里,从哪里来。

创作小说的痛苦只有小说才能治愈。

最后说一次:写出你的心声。

跑步与写作

奔跑！我想不出有什么活动能比奔跑更令想象快乐、兴奋，也更易受到滋养。奔跑时，心灵和身体一起飞翔。伴着我们脚步的节奏和手臂的摆动，语言在脑海中神秘地迸发。我们既是写者又是跑者，我们奔跑着穿过自己小说里的乡村和城市，有如真实环境中的鬼魂，这是一种理想的境界。

奔跑和做梦肯定有某种相似性。做梦的心通常是无形无状的，对运动拥有特别的控制力，至少我是这种感觉，跑步时有如在地上或空中飞奔、滑行或"飞翔"。（抛开那个令人泄气的生硬理论，说什么梦只是起补偿作用：你在梦里飞，是因为你在生活里爬；梦里你在别人头上高飞，是因为在生活里，别人在你头上高飞。）这种童话般的运动特技可能是一种返祖现象，是我们对远祖的记忆和幻想。对他们而言，一个活生生的机体在险境中肾上腺素会迸发，这和精神或智力的突然扩张没什么区别。在跑步中，"精神"似乎弥漫躯体，有如音乐家体验着指尖肌肉颤动这种神秘现象，跑者也是这样的，体验着双脚、肺、加速跳动的心脏，它们是"想象自我"的延伸。上午我如果写作时碰到难题，耗费时间，纠缠不清，令人沮丧，有时令人绝望，下午我通常就去跑步，这个结便可迎刃而解。如果哪天我跑不了步，就浑身不自在，不知道自己是谁，也找不着北，这两种感觉我都很不喜欢，于是，写作继续纠缠于无休止的修改。

作家和诗人都喜欢活动，这是众所周知的，不是跑步，就是徒步旅行，不是徒步旅行，就是走路。（所有的跑者都知道，走路，哪怕是快走，也只能勉强替代跑步。跑者都知道，只有膝盖不管用了，我们才走路，但走路至少还是一种选择。）英国伟大的浪漫主义诗人都喜爱远程徒步，风雨无阻。走路时他们无疑会获得作诗的灵感。华兹华斯和柯尔律治在充满诗情画意的湖区漫步，雪莱在意大利度过紧张的四年（"我一直走，直到有人叫我停，可从没有人叫我停"），新英格兰最有名的超验主义者亨利·戴维·梭罗是个不停歇的走者。梭罗自夸说，他"走遍了康科德的众多地方"。他在颇有说服力的《走路》一文中说，他每天不得不花上四个多小时待在户外，否则就会觉得"仿佛有什么罪过需要救赎"。就走路这个话题，我很喜欢查尔斯·狄更斯的《夜行》。狄更斯在写这篇散文前，有几年失眠很严重，晚上不得不在伦敦街头四处游荡。这篇散文体现了狄更斯一贯的才华，意蕴深厚，令人难忘。狄更斯把这种可怕的夜游比作无家可归，这有点儿不同寻常。他把这种不受个人感情支配的新身份称为"无家可归"——强迫自己在黑暗中，在绵绵不断的雨中走啊，走啊，走啊。（没有人比狄更斯更能理解、更会表达孤寂的浪漫和近似疯癫的狂喜，人们误以为他只会写温情脉脉的流行小说。）我们不奇怪，沃尔特·惠特曼经常走很远的路，你能在他那些有点儿喘不过气来、念咒一般的诗句中感受到步行者脉搏的跳动。亨利·詹姆斯在伦敦时也喜欢走路，一走就是数英里，不过他的小说风格倒像胸针一般蜿蜒曲折，而不太像走路那样流畅连贯，这倒是有点儿怪。

多年前我在伦敦时也常常走路（和跑步），每次都是数英里，多在海德公园，风雨无阻！当时我丈夫是英语教授，我陪他在英国过学术休假年，住在梅菲尔区一角，可远眺"演讲者之角"。我非常思念美国，思念底特律，于是我强迫自己跑步，不是缓解写作的紧张，而是促进写作，因为我只要跑步，就觉得自己身在底特律，想象着这个城市的公园和街道、高速路和林荫道，历历在目，栩栩如生。等我回到公寓，只要把这些想象落到笔头，就可以在我的小说《任你摆布》中重塑底特律，和我生活在底特律时，我在长篇小说《他们》中重塑这个城市一样，真是奇妙的体验！没有一次次跑步，我肯定写不出这部小说。太奇怪了，你生活在世界上最美丽的城市之一伦敦，梦想的却是世界上问题最多的城市之一底特律。

跑步和写作都是令人陶醉的活动。对我而言，它们都与思想活动紧密相关。我想不出我在哪个时候没在跑步，也想不出我在哪个时候没在写作。（在我能用英语写下可以叫作人话的语言前，我特别喜欢用铅笔模仿大人写字，我的第一批"小说"——恐怕我亲爱的父母还保存在纽约米勒斯波特我们那个老农场的某个箱子或抽屉里——都是突发奇想，在便笺簿上涂鸦，配上素描插图，有小鸡、马儿和正直的小猫，当时我还没有掌握更复杂的人体画，离掌握人的心理还有很多年）。我对户外活动最早的记忆就是在我们家种有桃子、苹果的果园里跑步或走路，穿过一片片玉米地，高过头的玉米在风中沙沙作响，沿着农田小道奔跑，在托纳旺达溪上方的绝壁上奔跑，那是一种独特的孤独。整个童年时代,我在乡野田间漫游,不知疲倦地"探索"。附近的农场真是一座宝藏,有旧仓库、荒废的房屋和形形色色的禁地,有些看似危险,如蓄水池和水井,上面随意盖着木板。这些探索活动与讲故事密切相关,因为这些地方总会有一个"鬼影"跟着你,就是那个"爱编故事"的自我。由此,我相信,任何艺术创作都是探索和越界。(我但凡看到"禁止越界"的牌子,逆反之心便会油然而生。这些牌子钉在树上和栅栏上,忠实履职,却在喊着"快进来!")写作是侵入他人的空间,哪怕只是为了留下回忆。写作会招来不写作的人生气的审查,招来写作路数和你不同的人生气的审查,他们仿佛视你为一种威胁。艺术在本质上是一种越界行为,艺术家有可能为此而招致惩罚。他们的艺术越具有原创性,越是令人不安,受到的惩罚就可能越厉害。

如果写作会招致惩罚,至少对我们中的一些人来说,那么跑步,哪怕是成年后的跑步,也会令人想起儿时被欺负者追逐的痛苦感受。(有哪个成年人没有这样的记忆?有哪个女人没有经历过这种或那种的性骚扰或威胁?)逃跑时肾上腺素激发,仿佛打了一剂强心针!我在只有一间教室的乡村学校上学,八个年级只有一个操劳过度的老师上课,嘲讽戏弄,拳打脚踢,掐捏拧揍,诅咒谩骂,你只能忍受。在那个时代,没有相关的法律保护你。那是一个放任自流的年代,男人可以殴打自己的妻儿,警察极少干预,除非出现重伤或死亡。我在田园风光里跑步时,常常想起童年奔逃时的恐慌。我不走运,没有哥哥姐姐保护我,帮我对付高年级同学时常袭来的欺辱,于是成了他们理想的猎物。我不相信自己是被刻意挑出来的（比如说我成绩好），多年后我明白了，这样的虐待并非个人独有，而是人类共有，在其他种群中肯定也是常见的，这让我们真正理解了其他人的类似经历，那种经历更令人恐慌，更无摆脱之法，更令人痛苦，更令人绝望，更令人难受。对我们来说，在所有的虐待中，性侵犯最令人嫌恶，这当然会滋生一种记忆缺失，以此来获得缓解。

在我的书里，那些铅字的背后是故事的背景，没有这些背景，便不可能成书。比如1985年某一天，我在宾州亚德利南边的德拉瓦河畔跑步，无意中一抬眼，看到一座废弃的铁路桥，心念一闪而过，一段发自肺腑的生动回忆涌上心头，想起十二或十四岁时，我跑过纽约洛克波特镇一座相似的铁路栈桥，那桥高高地架在伊利运河上。我想，这可以写一部小说，这就是《你不能忘记》。故事背景是纽约北部一座神话般的城市，酷似其原型。不过，相反的情况也常出现：我发现自己跑步穿过某个地方的屋群或屋后，那些地方引人入胜，充满神秘色彩，我注定要写下这些景象，在小说中为它们注入生命力（据说如此）。身为作家，我深深迷恋地方风物，我写作多是为了抒发思乡之情，在我眼里，我的人物居住的地方和人物本身一样至关重要。如果我不能像我的人物那样"看到"一切，我连一篇极短的故事也写不出来。

故事涌上我们心头，有如幽灵要求现身。跑步能让我的意识扩张，像看电影或做梦似的看到自己正在写的东西。坐在打字机前，我很少构想出新东西，只是回想自己的经历，落到笔头。我不用文字处理软件，只用手写，写出很长的段落。（我知道有人又会说了：作家的脑子都不正常。）待书稿打出来时，我已经不止一次在脑海里看到小说中的情景。我从不认为写作仅仅是在纸张上安排文字，而是努力把某种想象落实下来，那是多种情感的交织，是原始的体验。令人难忘的艺术是在读者或观者心中唤起的情感与艺术家付出的努力相吻合。跑步是一种沉思，说得更实在点，它让我在心中浏览我写下的一页页，校对、修订、润色。我的办法就是不断修改。写长篇小说时，我每天都绕回头看前面的章节，重写，以保证叙述声音连贯而流畅。写到最后两三章时，我同时重写小说的开头，从理想的角度来看，这样可使小说像河流一样源源流淌，前后连贯，所有的章节相互吻合。按我们尚不清楚的神经心理学的某些规律，人做梦犹如暂时遁入疯狂，让我们免于真正发疯。如此，跑步和写作这两种活动同时发生，可让作家适时保持清醒，保持控制力，哪怕这种控制力是暂时的、虚无缥缈的。

"我不知何罪之有……"

我一辈子都着迷于人类神秘的个性。我们是谁——人与人如此不同,可在这大不同之下,也许又如此相似?我们为什么在这里?这里是哪里?人类神秘的存在渐渐融入物质存在之谜中,随之而来的是古代哲学家关心的问题:为什么有存在而非虚无?意识本身的目的是什么?人类喜欢探索,其目的是什么?

当然,我们开始写作,是出于对语言的着迷,着迷于字词神秘的声音,如乐曲般迷人,富有力量。我们感到公共话语潜藏深义,我们感受语言的不可预测、游戏无定和不可控制,不可言传之意借助我们的心智和笔头,在语言中得以表达。小时候,我们模仿大人讲话,如获神力。开始是模仿,不断进步,终有一天,我们惊奇地张望四周,有所觉悟——什么?生活就是这样吗?最有自觉意识的艺术家承认他必须服从于发现:

>……我们在创作一件艺术作品时绝不是自由的,我们不能选择如何创作,相反……它已经存在,它既是必要的,又是隐藏的,于是,我们不得不去做我们做的——也就是说,我们要去发现它,似乎这就是一种自然法则。
>
> (马塞尔·普鲁斯特)

初始,我们满怀天真的惊奇和好奇,如果我们坚持梦想(或幻想),不懈努力,随着时间流逝,天真便成为一种"召唤",一种"职业"。我们尚不清楚自己在做什么,便发现自己身处陌生之域,我们甚至从未想过会来到这样的地方。我们开始和从未知晓的世界交流,和完全陌生的人们交流。在这个过程中,我们成了别人;我们成熟了,进入了我们年轻时羡慕的那个成人世界。我们如果走运,可以参与到人类精神神秘的进化过程中,乔治·艾略特和 D. H. 劳伦斯曾充满理想色彩地称之为"同情的扩张"(enlargement of sympathy)。

华莱士·斯蒂文斯称之为"隐喻动机"(motive for metaphor)的冲动指的是记录、转写、创作、思索的动机——这种冲动源于何处呢?已故的威廉·斯塔福德①在一首诗里如是说:

> 于是,这世界诞生两次——
> 一次是我们所见的样子,
> 第二次,它成了深远的传奇,
> 它本来如此。

这里的关键词是"传奇",它暗示有故事可讲。这种二次创造高于我们体验身处其中的这个世界之存在。对我们来说,仅仅有体验是不够的,我们想知道我们体验了什么,我们渴望去

---

① 威廉·斯塔福德(William Edgar Stafford,1914—1993),美国诗人、和平主义者。1970 年被任命为美国国会图书馆的诗歌顾问。

分析它，质疑它，有时甚至要怀疑它，反驳它。在柏拉图的《理想国》第十卷中，苏格拉底有句名言："哲学与诗歌是古来相争的宿敌。"这也许是说，人永远不会满足事物的表面现象，永远在追求想象力的游戏。

我认为，艺术的起源有以下几种理论：

1. 艺术起源于游戏——即兴的、实验的、幻想的活动。在人最深层的本能中，艺术永远是游戏的、自发的，是想象力的实践，类似我们活动身体，不为别的，只为快乐的释放。

2. 艺术由叛逆点燃。抗拒已然存在，这在一些人那里成了一种执着；挑战长辈，甚至到了排斥的地步；将自我，进而将自己这一代定义为新生的、新颖的、不受约束的。实际上，所有的艺术家还是孩童或少年时便展露出艺术天赋。青少年时期，我们摆脱过去的渴求和人类繁衍后代的欲望一样强烈。亨利·戴维·梭罗在《瓦尔登湖》的第一章中如是说："我在这个星球上生活了三十来年，"他的口吻一向谦逊，"可还没有从长辈那里听到过一句有价值的，甚至是认真的忠告。他们什么都没有告诉我，他们很可能什么也说不出来……"这样的宣言有失公平，有失准确，但年轻的叛逆者有必要发出这种强音。

3. 艺术记录过去。艺术记录一个快速消逝的世界，缓解强烈的思乡之情，至少是暂时的。艺术无比细微地述说"过去是什么，或正在消失的是什么，或即将到来的是什么"，以此留住时光；艺术纪念我们所爱之人，我们学习的榜样，我们必须超越的对象。有些作家对一片山水、一种生活、一个群体特别敏感，他们有可能被剥夺了与生俱来的权利。最终，他们（或她们）的反抗变成苦乐参半的失去感，连痛苦、愤怒、委屈也变成无价的情感，和青春活力紧紧相连。

4. 艺术家生来受到诅咒。他或她穷尽一生，通过艺术去追求永远捉摸不透的救赎。艺术家总是自感有缺陷，有不足，于是本能地不断去创新，以此不停地扩大自身存在的周界。视觉艺术家"创造艺术"，那是实实在在可见的，这种物质存在成为艺术家身份的一部分。清教徒害怕上帝的诅咒，他们无法猜测上帝的仁慈，更无法通过祈祷或善行来自我救赎。同样地，艺术家似乎要以审美的语言重塑自己，这种审美的语言同时也是精神的语言。他像威廉·巴特勒·叶芝那样"建构和解构"自己的灵魂，他的艺术作品可能服从于某一思想或想象力，可以说，它们构成一部单一的作品，只有在回顾中才可以理解。

对孩子而言，开始时只有生活，还有意识。"玩耍"与这二者没有区别，没有哪个孩子是为了某一职业而"玩耍"，甚至也不是为了显示自己有才，值得他人关注，哪怕是天才莫扎特也是这样。塞缪尔·贝克特谈及《等待戈多》是怎样写成的，口吻是成年人的忧郁，可他在非正式场合说的是"它就是从笔端自然流到纸上的"。这话耐人寻味。

有时，有人会问我，我是什么时候知道我"想当个作家"的，我的回答是我从来就不"知道"我想当个作家或别的什么。"作家"一词如此简单、抽象，实际上，我不清楚我是否"想"当一个这样的作家。在某种意义上，一个写作的人不是一个"作家"，而只是一个写作的人，他或她是个什么样的作家，要在具体的文本中才能界定。我在别处说过，"JCO①"不是一个人，甚至不是某人的人格化，而是一个过程，其结果是一系列具体的文本。其他人认为是产品的东西，在艺术家眼里就是一个过程。我最早的、最深刻的记忆不是和任何一个"自我"有关（我想，小孩子对他们自己的看法肯定是模糊不清的、不断变化的），而是和拿着蜡笔涂涂画画有关。创造游戏的世界，也可称之为第二世界，或如哲学家起的名称，叫"反事实世界"。

为什么？——为了什么？无疑，儿童心理学家研究过小孩子在游戏中投入的想象力和非凡的活力，这肯定是在检测自我的界线，检测"现实"的界限，当然，也是在模仿成人世界。不过，事实依然存在，那就是儿童的游戏是一种神秘的活动，令人兴奋，令人着迷，难以预测，就像刘易斯·卡罗尔笔下的女主人公爱丽丝一样，固执地一头扎进兔子洞里，或穿过镜子，进入另一个空间维度。这"另一个空间维度"是一个反世界，只有一个人才能进入其中："……艺术家只需要这个：一个特别的世界，只有他才有进去的钥匙。"（安德烈·纪德）这个反世界既映射"真实的"世界，又扭曲它。在这个世界里，你既是你

---

① JCO，即乔伊斯·卡罗尔·欧茨（Joyce Carol Oates）名字的缩写。

自己,又不是你自己……不管承不承认,这正是艺术创作最原初的事实。

想想爱丽丝故事令人激动的开头!约翰·特尼尔著名的插图色调繁复,酷似梦境,爱丽丝有一半虚幻化了,我们看到她在《爱丽丝镜中奇遇》里从客厅的一面镜子挤过去,从另一个世界里冒出来,这个世界没有原来那个那么整洁,可有意思得多——在这里,一切都是活生生的,象棋子变身为国王、王后、仆从,性子火暴。花儿不但会说话,而且会激动地争论,"金鱼草蝇""摇木马蝇""面包黄油蝴蝶",小动物温驯如家养宠物,来自儿童神话的人形动物——它们都参与到爱丽丝在这个"古怪"国家的历险中来,这个国家就是英格兰,不过划上线条,有如巨大的棋盘。

> 这里正在进行的是一场伟大的象棋比赛,是世界性的,你知道如果这就是一个世界。噢,那多好玩啊!我多么希望自己是棋子中的一员!假如允许我加入,我不介意做个小卒子。当然,我想最好是能做个王后。

爱丽丝被激发的热情就是一个即将开始人生冒险之旅的孩子所怀有的热情,开始是小卒子,后来(至少理论上如此)成了女王。爱丽丝是一个史诗般的人物,任何孩子都可在她身上找到自己的影子,有时草率任性,有时非常害羞,总是那么好奇,一向喜欢探索。"越变越撒汗(希罕)了,越变越七怪(奇怪)了!"她嚷道。我们越是深入这个世界,这个世界就会变得越来越古怪。刘易斯·卡罗尔的反世界逐渐演变成一场噩梦，彰显的是达尔文进化论——"适者生存"——这一潜文本主题。这在爱丽丝故事的饮食中有无数生动的例子。（吃肯定是婴儿最关注的，据说"被吃掉"是儿时黑色的梦魇。）在《爱丽丝镜中奇遇》的结尾，爱丽丝意识到危险临近，醒了过来，才堪堪躲过灭顶之灾。在冒险伊始，她希望自己成为王后，此时，她将受封为王后，可在庆祝宴会上，她发现"要出事了"！说到底，梦的逻辑颠倒过来，一瞬间，期待变成恐惧，这是多么熟悉的感觉：

> 接着……真的出了各种各样的事情。蜡烛长到顶着天花板那么高。……那些瓶子则每一个拿了两只碟子匆匆忙忙地装上去当翅膀，再拿两把叉子当脚，然后到处乱飞乱跑……
>
> 这时候她听见旁边有一种细弱的微笑声，便回头看看白王后怎么了，可椅子上并没有王后，倒是那羊腿坐在上面了。那一品煲锅里出来一个声音说："我在这儿呢！"爱丽丝又一回头，正巧看见那王后的扁扁的和和气气的脸在那一品煲的边上露出一点来对她笑笑，然后很快地缩回到汤里去了。
>
> 一分钟也不能耽搁了。已经有几位贵宾躺在盘子里了。一只大汤勺在桌子上向着爱丽丝坐着的椅子走过来……

爱丽丝醒了过来，从而逃脱了被吃掉的噩梦。她的镜中历险和兔洞历险一样惊心动魄，不过这孩子从未真正身陷危险之中。一个人在如此经典的儿童幻想中"游戏"成人生活，还可以随心所欲地返回到清醒的世界里，回到父母的屋里，那里井然有序，平安无事。

那些有才的孩子、有福的孩子或遭诅咒的孩子，他们小时候就善于想象。这些儿童幻想家不断地发展自己的想象力，这并不少见，少见的是我们对此了解不多，至少对很多细节并不了解。想想勃朗特家的孩子们——夏洛蒂、安妮、艾米莉和她们命运多舛的弟弟布伦威尔——天才尽显，创造出广阔的反世界，如迷宫一般。这些早熟的孩子母亲早逝，他们在英国乡下一幢牧师公馆里过着封闭的生活，他们的日常生活受制于性情怪异的父亲，他对耸人听闻的暴力情有独钟——他没能当成战士，最后不幸成了乡村牧师。这些孩子通过向公众讲故事而构建起两个奇幻的世界：一个是贡代尔岛（艾米莉和安妮虚构出来的太平洋岛屿，与哈沃斯村很相像），一个是安格利亚（夏洛蒂和布伦威尔虚构的，是英国人统治的一个非洲乡村）。多年以后，夏洛蒂设计了十二个木头士兵，送给父亲，它们是"我们游戏的源头"。这些普普通通的玩具点燃了孩子们的想象，这想象达到了非凡的高度。

勃朗特家的孩子们虚构出戏剧、哑剧、游戏和一系列冒险故事，最终，贡代尔和安格利亚的故事记录在"小杂志"里。"小杂志"是小小书，里面满是斜体字，模仿印刷体，是两个虚构国度的大事记。这些详细而非凡的大事记可不仅仅是童年短暂而执着的幻想，到了青春期便被抛弃。夏洛蒂二十三岁时写了安格利亚最后的故事,安妮和艾米莉写贡代尔家族的故事,一直写到二十六岁和二十七岁。1847 年 10 月,夏洛蒂·勃朗特以笔名"柯勒·贝尔"出版《简·爱》,当时她三十一岁。1847 年 12 月,艾米莉·勃朗特以笔名"埃利斯·贝尔"出版了《呼啸山庄》,当时她二十九岁(一年后她去世)。孤独的童年和个人的寂寞转化为永恒的艺术作品,还有什么比这更成功的范例吗?对儿时幻想的纪念在成年时期再次恢复,成为激情和"命运",还有比这更成功的吗?

关于创作欲望,没有人比约翰·厄普代克在他的自传体小说《自我意识》中表述得更有亲切感。这部作品专注于自我意识的几个节点——一个孩子(通过皮肤、呼吸、说话及其障碍①,对超越的渴望)在这些节点界定了自我。在《努力说出话》那一章,厄普代克研究自己的口吃,得出的结论是他的写作源于与呼吸的关系。语言也是视觉的:厄普代克木制的 ABC 是"印在木块上的字母符号……[标志着]我开始有了思想"。他母亲渴望成为作家,但在厄普代克成长的过程中,她没有成功。他记得她把自己关在房间里,一个小时接一个小时地打字,不让他进屋:"她打字的声音使得这屋子拥有了一种神秘的、探寻的生活方式,和费城街(二十世纪三十年代宾州的希林顿)上上下下的其他人家都不一样。"还是孩子的约翰吃惊而委屈地发现,"在妈妈的脑袋里,肯定有一个对立的世界。我觉得,我在这个真实的世界里是得到怜爱的,而那个世界和这个世界是不

---

① 厄普代克小时候有口吃的毛病,又患有牛皮癣。

相容的"。写作显然是大人专注的事情,甚至是一个秘密,它向约翰这个孩子最先呈现出来的就是生动的符号,是报纸上直观的连环漫画及其"复制出来的奇妙形象"。厄普代克痴迷于通俗文化,包括迪士尼的卡通片和卡通漫画。他谈到"在至尊神探、易西队长或空中接力这些漫画中……死的纸张很快有了生命力"。对漫画的热爱发展为将漫画仿画到白纸甚至胶合板上,把它们一排排地摆在卧室的架子上。厄普代克精湛的语言技巧,精心打磨的技艺,都源自这些早期的热爱,"[卡通画]画面粗糙,斑点纵横,并不完美,还有钢笔线条、双向影线和本戴制版法,这些技术语言令我着迷,深深地吸引着我,也许就像细菌学家爱上显微镜、语言学家着迷于异域语言丰富的含义一样"。

顺便说一句,值得注意的是,儿时的幻想不管是自得其乐,还是从通俗文化得来,在本质上都类似于一个民族的幻想。最早的故事模式并不是"现实主义"(大部分人相信这种传统是最早的),而只是某种"超现实主义",传奇、童话、歌谣、保存至今的早期绘画和其他"原始"艺术作品都不是现实的,而是魔幻的,主角都是神祇和超自然神灵,当然,它们都是无名的。在人的意识这一如梦的层面,我们似乎都是一样的,更为现代的、更令人困扰的"个性"当时还不是个问题。正如形式最复杂的诗歌作品讲究节奏和韵律,小说也有罗曼司的潜流,也许小说就离不开罗曼司。所有的作家——所有的艺术家——都属于浪漫一派,因为创造这一行为本身,以及对创造的无比关注,就是浪漫的姿态。一开始是孩童的游戏,最终成为一种"职业",一种"召唤",一种"使命"——超越经济收入而成为一种

"令人尊敬的"职业，这与其说是讽刺，不如说非常奇妙。不过，这种冲动源于何处依然成谜，这撩人心扉。尽管我们有解释，有科学，我们对这些冲动的理解并不比对梦的理解更清楚。

睿智的亚历山大·蒲柏在《与阿布斯诺博士书》一诗中如是说：

> 我因何写作？我不知何罪之有，
> 浸我入墨水，父母之罪，我之罪？
> 我仍孩童，不会为名所愚弄，
> 我含糊说出韵律①，因为它已降落。

---

① "韵律"原文为 numbers。这里的"numbers"，蒲柏指的是诗歌的节奏和韵律。——原注

失败随记

> 若清晨代表夜晚,
> 午夜——何其漫漫!①
> ——艾米莉·狄金森

如果说写作加剧我们对生命的敏感度,仿佛坠入爱河,坠入危险的爱河,那不是因为我们有信心获得成功,而是因为我们经常被迫痛苦地去感受生命的有限,面对永恒的问题:我是不是没法完成这部作品?这部"身后"之作是不是只能博得读者的怜悯?……

正在学习写作的人、正在写作的人、沉浸在写作计划中的他或她,他们根本不是一个实体,更不是一个人,而是一个由截然不同的心境构成的奇怪混合体,拥挤混杂,指向光谱上阴暗的一端:犹疑,沮丧,痛苦,惊慌,绝望,懊悔,急躁,完败。在劳作途中受到恭维,那挺好,但不可能;出品后受到恭维,又太迟,另一个计划已经开始,这又是一连串说不清道不明的状态。也许,我们必须按照一系列预定的安排,与彼此些微相左的人格做斗争?——也许预感失败不过是灵魂明智的省

---

① 译文引自狄金森著《不是玫瑰,如花盛开:狄金森诗选》,康燕彬译,漓江出版社,2013。

力之举，免去鲁莽的冒险？——这没多大关系，因为作家这个老兵不管多么伤痕累累，都无法真正信任或绝对信任自己的毅力（更不要说信任自己理论上的"天赋"），以此来熬过创作过程这一炼狱，最终到达创作成功的高地。人们经常问作家，随着时间的推移，写作是不是变得更容易些？回答是清楚的：随着时间的推移，没有什么会变得更容易，连时间的流逝本身也不会变得更容易。

比起大多数人，艺术家也许更常与失败为友，不同程度的失败、调整和妥协，不过，他对失败的理解一般不为人所知。相信失败可能是一个真理或一个多少可以接受的事实，而成功只是令人陶醉的昙花一现，一个很快就被戳破的肥皂泡，一朵花瓣很快掉落的鲜花，这是有道理的。如果绝望如同自我陶醉一样是灵魂一种荒诞的状态——我相信是的——那么绝望令人感到更实在、更可靠，与人类环境并没有那么不相称，这个说法又有谁能说不对呢？有人对T. S. 艾略特说，大多数评论家都是失败的作家，艾略特回答："大多数作家也是。"

虽然我们大多数人与不同程度的失败或快要失败为伍，可很少有人愿意承认这一点，觉得这不是美国人的风格。这种想法朦朦胧胧，但确信无疑。你的标准高得离谱，你得吹牛，你肯定天生忧郁，沉默寡言……从这一实用主义的角度看，"成功"本身只不过是某种形式的"失败"，是希望得到和已经得到二者的妥协。我们必须是禁欲主义者，我们必须培养幽默感。我们有不少例子，威廉·福克纳认为自己是个失败的诗人。亨利·詹姆斯的戏剧创作遭遇明显失败，又转回去写小说。

林·拉德纳①写美国生活的短篇小说无懈可击，因为他对创作矫揉造作的流行歌曲深感绝望。汉斯·克里斯蒂安·安徒生努力完善他的童话创作，因为他在其他方面都失败了——写诗，写剧，过日子。我们只要稍加浏览詹姆斯·乔伊斯的《室内乐》，就知道他为什么专注于小说创作。

谁与魔鬼战斗，最好小心自己不会因此变成魔鬼。如果你凝视深渊太久——深渊也将凝视你，尼采如此玄妙地警告我们。我们不难猜到，就他自己的战斗、他的魔鬼和他那近在咫尺的深渊而言，他清楚摆在自己面前的是什么。不过，他猜不出这深渊将伴随着讽刺或卑下的浅薄，他也没有告诉我们是否还有其他选择。

已经失败不像走向失败那样萦绕心头，难以摆脱——走向失败的过程、行动、颇有吸引力的荒唐策略。回头看，一场战斗失败了，不过是输给了时间，这是没办法的，是输是赢，它属于另一个人。可走向失败的战斗，每一个动作，每一次脉动……这是真正令人恐惧的深渊，是无法言说的困境。若清晨代表夜晚，/午夜——何其漫漫！

大约四年前，1862年，艾米莉·狄金森写下这些无情的诗行，多么优雅，多么非凡：

　　第一天的夜已至——

---

① 林·拉德纳（Ring Lardner, 1885—1933）：美国体育新闻记者、幽默作家。他的文学声誉主要来源于短篇小说，他总共创作了一百三十篇左右，刻画了众多逼真的美国生活场景及人物肖像。

感激，一件事
如此可怕——已经熬过去——
我告诉灵魂歌唱——

她说琴弦断了——
她的琴弓——已灰飞烟灭——
修补她——我有事做
一直做到另一天明——

然后——巨大的一天
大如昨日成双，
当面展开它的恐怖——
直到遮住我的双眼——

我的大脑——开始大笑——
我喃喃自语——像个傻子——
虽是多年前——那一天——
我的大脑一直咯咯发笑——没停。

有些事真怪——在里面——
从前那个人是我——
可这一位——感觉不一样——
会不会是疯子——这一位？

在这里，诗人用最简洁、最有力的意象表达了创造这一永不停歇的过程：我们可称之为"自我（ego）"发出指示，灵魂"歌唱"，哪怕"大如昨日成双"是梦魇——为保持语言，陌生的语言而英勇奋斗，虽然有个信念是压倒一切的，那就是"从前那个人是我——/ 可这一位——感觉不一样"。（在写成一首单薄的诗之后，他们怎么可能还是一样呢？）同年，还有一首：

> 大脑，在它的凹槽里
> 平稳流动——真实的——
> 可让一小片突然转向——
> 这对你更容易——
>
> 让急流回转——
> 洪水把小山撕开裂缝——
> 为自己掘出一条大路——
> 踏出米尔斯山——

这里的洪水是创造的源泉，也是自我隐没的源泉：除了其他的，它还会卷走歌唱的灵魂。约瑟夫·康拉德的《诺斯特罗莫》当然是我们这个时代想象力的一大杰作，可他在创作这部作品时陷入了绝望的泥沼。他说，写作不过是"把神经的力量转化"为语言，我们有没有可能因此原谅他呢？——这句话如此阴冷，它肯定是真的，正如忙碌而高产的查尔斯·古尔德对他妻子说，一个人总得做点什么事。

惠特曼自称是"运动员之师",他断然拒绝"消沉的怀疑者……/ 无聊,沉闷,消沉,愤怒,做作,沮丧,不信神"。这位美国的行吟诗人为肆无忌惮的乐观主义鼓噪,这令我们厌倦,他的沸腾热血令我们厌倦,就连他自己也在《当我与生活之海一起退潮时》① 中说,事情常常大不一样,真的大不一样。秋天,独自在海边漫步,"被这个我引以为自豪和为之吟咏的带电的自我所吸住"——

> 啊!失败,受挫,几乎屈身到地,
> 我对自己感到恼怒,悔不该大胆出声,
> 如今才明白,在那些胡说八道又反过来害我的
> 　人中间,我从来丝毫没想到自己的身份,
> 只知道在我傲慢的诗歌前,真正的我仍站在
> 　那里,没有触及,没有说明,根本没有接近,
> 它退得远远的,以赞讽参半的手势和鞠躬把我
> 　嘲弄,
> 对我所写的每个字都报以冷冷的讽刺和一阵阵哄笑,
> 默默地指着这些歌,然后又指指沙上的脚印。

有意思的是,这首诗发表在 1860 年,同一年,惠特曼还发表了充满无限活力的诗歌,如《啊民主,为了你》和《我自己和我所有的》("我自己和我所有的都永远在磨砺, / 要能经受严

---

① 此诗的两处译文均引自惠特曼著《草叶集》,楚图南、李野光译,人民文学出版社,1987。

寒和酷热,能把枪瞄准目标,划船,/出航,精通骑术,生育优秀的儿女")①,还有《我听到美国在歌唱》,它们的"惠特曼风格"更为鲜明。1881 年的短诗《一个清澈的午夜》基调要柔和一些,也更雄辩一些,让我们听到诗人在寂寞中吟唱,这时的他不再如日中天,万众瞩目:

> 灵魂哟,这是你的时辰,你自由地飞入无言之境,
> 离开书本,离开艺术,白昼抹掉了,功课已完成,
> 你完成地浮现出来,静静注视着,深思着你所
> 　最爱的题目,
> 夜晚,睡眠,死亡和星星。②

我们如果享有这样的特权,那真是三生有幸:绕到挂毯背后一探究竟,看到绳结乱七八糟,磨损的线头松散吊挂。

为什么有些人矢志不渝,奉献一生,只为了用结构和语言来阐释我们的体验,这种现象仍是个谜。这不是生活的另一种选择,更不是逃避生活,它就是生活,只是笼罩着某种特别的光辉,似乎你既是又不是完全活在当下。弗洛伊德认为,艺术家磨砺技艺,为的是赢得名声、权力、财富和女人的爱。这肯定是他自己没有说出的冲动,他说的是自己内心深处的肺腑之言,不过,这难以说清一个事实,那就是艺术家在赢得这些奖励后,通常更加努力,而他会发现,除了这样的努力,生活并

---

①② 译文引自惠特曼著《草叶集》,楚图南、李野光译,人民文学出版社,1987。

没有多少回馈。那么，这种想解释一切的本能，想把闪烁不定、转瞬即逝的想法转化为相对永恒的语言，这种献身于数十年专注的劳作，服务于难以捉摸的"超自然的"理想，为什么总是被误解，或很少受到重视呢？假如说所有的艺术都是一个隐喻，或具有隐喻性，那么这一隐喻的动机究竟是什么呢？是否存在着动机？或者，有没有这样一个隐喻？我们是否可以自信满满地对任何艺术作品发表任何高论——为什么艺术作品在一些人那里激起的反应如此深沉，如此无可抵御，有时甚至可以改变他们的生活，可对其他人却毫无意义，为什么？在此，阅读的艺术和写作的艺术几乎没有区别，因为它最强烈的愉悦和痛苦必须是私密的，无法向他人言说。我们不为人知的亲近感甚至连我们自己也说不清楚……我们爱上某些艺术作品，如同我们爱上某些人，没有什么特别的理由。

1955 年是托马斯·曼①生命的最后一年，当时他和任何一个大作家一样荣誉满身。他在一封信中幽默地说，他很欣赏汉斯·克里斯蒂安·安徒生的童话《坚定的锡兵》。"从本质上说，"曼说，"这就是我生活的象征。"（曼生活的象征是什么意思？安徒生的锡兵爱上一个漂亮的剪纸舞女，爱情无果。它注定要被一个孩子残忍地、漫不经心地扔到火里，熔化成"一颗小小的锡心脏"。）就像安徒生的大部分童话故事一样，坚定锡兵的故事虽然模仿小孩子简单的语言，但文字背后却不是一个写给儿

---

① 托马斯·曼（Thomas Mann，1875—1955），德国小说家和散文家，1929 年获得诺贝尔文学奖。

童读的故事。我们可以明白为什么托马斯·曼对这个故事情有独钟,故事开始是这样的:"从前有二十五个锡兵,它们都是兄弟,因为它们都是用同一把旧锡汤匙制出来的。每个锡兵扛着枪,目视前方,穿着最漂亮、最酷的红蓝制服……所有的锡兵都一模一样,只有一个例外,它只有一条腿。它是最后一个做的,锡不够了。不过,它用一条腿和那些有两条腿的站得一样笔直,实际上,它才是那个出名的锡兵。"

我们想问问,艺术家暗地里是不是喜欢失败呢?

所谓"成功",是不是包含着危险,包含着有限和限制,在某种意义上,包含着历史性的东西:从奋斗和冲突,到成就?我们又想起尼采这位最深邃的心理学家。不管多么短暂,多么不尽如人意,他到底品尝到了成功那有毒的欢欣:他意识到了幸福中的危险!现在,但凡我触碰的,都成了奇迹。现在,不管什么命运降临我头上,我都欣然笑纳。谁会是我的命运呢?

不过,作家喜欢的也许不是失败,而是诱人的未完成和冒险。一件艺术品获得自己独特的"声音",然后要求得到这样的声音,它坚持自己的完整性,如同纪德在其《手记》中说到,艺术家需要"一个特别的世界,只有他才有进去的钥匙"。人在生命途中,害怕死亡,害怕病重,这真真切切,无可怀疑。如果这里有一个明显的矛盾(我们害怕完结,害怕我们的作品有可能"死后出版",因而是未完成的),那么,这个矛盾很可能是艺术创作的核心所在。作家的创作,如同搬运一座摇摇晃晃的鸡蛋金字塔，实际上，他自己就是一座摇摇晃晃的鸡蛋金字塔，随时可能摔到地上，碎成一堆，没法辨认。他事先就明白，没人会承认他那杰出的创作意图，也不明白，如果他活着，肯定会创作出伟大的杰作，这一点，就连"最理解"他的同行也不会承认。

艺术家喜欢冒险，喜欢危险，喜欢神秘，喜欢大脑有那么一点异常；渴望不幸，渴望神经紧张，渴望没有言说的心声；偏好失眠，不耐烦过去的自我和过去的创作，那是肯定不能让粉丝们看到的——为什么艺术家被这些极端的想法所吸引，为什么我们会跟着他去喜欢？这里有一个直率而热诚的声音，其来源是很多人没想到的：

> 人们大多有过黎明前醒来的经验。在这以前，或者一宿睡得既香且酣，梦也不做，简直令人觉得死的可爱，或者度过了恐怖和畸形欢乐的一夜，黎明前醒来时脑海中——浮现的幻影比现实更加可怕，它们的鲜明和生气隐蔽在种种奇观异象中，正是这种生气使哥特艺术具有持久的活力。……溟濛的薄纱一重又一重冉冉升起，周围的一切渐渐恢复各自的轮廓和色彩，我们眼看着世界在晨曦中显现出它的本来面目。……在我们看来一切都没有变。我们所熟悉的现实生活又从黑夜的不现实的幽暗中归来。在什么地方暂时中断的生活，我们还得在什么地方把它续下去。由于必须继续在那个令人厌倦的、一成不变的习惯圈子里打转，一想到这点，使你不寒而栗，或者会产生一种强烈

的欲望：但愿在某一个早晨我们睁开眼睛看到的世界已在黑夜中焕然一新，使我们为之喜出望外；……在那个世界里，旧事物几乎没有容身的地盘，幸存下来的至少也不再出于必要或悔恨，……道连·葛雷认为，创造那样的世界才是生活的真正目的或真正目的之一。①

在王尔德的《道连·葛雷的画像》这部伟大的长篇小说里，这一真情流露的观点被其他章节令人吃惊的聪慧和班扬式的道德说教淹没了，但并没有因此减损它独特的痛彻心扉。我们觉得，王尔德在这里没有花言巧语，没有故作姿态。在他搭积起来的这部寓言里，道连·葛雷暂时摆脱了他那多少有点儿呆板的角色。在自我解剖中，他实际上已经获得了我们自己的一副面具，它是透明的——无形的。

就算精神面临困境，就算沉迷于世俗的怀疑主义，而这种怀疑主义大不同于（也许不乏喜剧性）构成艺术家"艺术生活"的个性化行为方式、套路、习惯和迷信的做法，问"我会失败吗？"终究没有问"我能成功吗？"那么贴切。（真应该研究一下艺术家的个性化行为方式，不管有意还是无意，有了这一大套策略，他们的日子才过得正常。我想，在这样的行为方式中，我们会发现世界主要宗教的萌芽——一个包含了抑制和平衡、奖赏和禁忌的体系，像艺术作品那样精益求精——一种奇怪的、独特的混合体。一个作家问另一个作家："你的工作是如何安排

---

① 引自奥斯卡·王尔德著《道连·葛雷的画像》，荣如德译，外国文学出版社，1982。

的?"从不问:"你的书写的是什么大主题呀?"——因为,这样的问题是秘而不宣的,其真正的暗示就是,大概你比我更疯吧?——你可愿意详细说说?)

比起最终达到的目标是什么,如何实现目标总是更有吸引力(实际上它同时涉及独创性和劳动)。道德家们争辩说,艺术家似乎一向把自己的艺术置于所谓的"道德意识"之上,这种观点令人乏味。究其本质,艺术家如果真是艺术家,他在创作过程中,就会逐渐看重艺术的内涵胜过公众的反应,原因很简单,因为他把所有醒着的时间,还有很多睡觉的时间都花在艺术这块园地上,他看重自己的艺术作品,这有什么值得怀疑的吗?

乔伊斯对《尤利西斯》融合多种风格的态度说明了在大多数小说家身上,这种空想和实用奇怪而典型地杂糅在一起。听听他充满自我戏仿地说:"在我看来,技巧是不是'真实的',这并不要紧。它是一座桥,为我所用,让我的十八个片断大步前进,一旦部队过了桥,哪怕敌方部队把这桥炸上天,也与我无关。"虽然批评家颇多关注《尤利西斯》和《奥德赛》的巧妙联系,但乔伊斯选择这一古典作品的结构带有一定的任意性,他也可以选择另一部作品——如《培尔·金特》① 或《浮士德》。作家努力去发现自己作品的秘密,也许这就是最令人困惑和沮丧的困境,而他还不太容易说得清楚;如果他不事先化身为必须写这部小说的人,他就写不出这部小说:如果他不事先投身

---

① 《培尔·金特》(*Peer Gynt*, 1867) 是易卜生创作戏剧作品之一,它描绘了纨绔子弟培尔·金特放浪、历险、辗转的生命历程。

于创造这部小说的过程中,付出劳动,他就成不了那个人……这就是为什么你总是害怕会失败,害怕那个鸡蛋金字塔会垮塌,纸牌屋给吹走,因而陷入失眠而难以自拔。他弟弟斯坦尼斯劳斯·乔伊斯在他1907年的日记中不动声色地写道:"吉姆说……他写作时,尽可能保持心理正常。"

不过仔细想来,我的情况不过是挂毯的背面。

让我们再想想,难道失败本身偶尔不也会有着非常实在的好处吗?——失败把最令人悲伤的经历的里层翻出来,这经历开始近似有价值、有成长意义、有深刻意义的经验。亨利·詹姆斯在戏剧创作上遭遇重大失败,这至少产生了两个结果:一是导致他精神崩溃,二是离开戏剧这个不适合他的领域(不是因为他对戏剧的理解太过"文学",好高骛远,而是因为他对戏剧创作的心志太过传统,太过琐细),由此,他反而有宽广的空间容忍这相对的失败。詹姆斯把《盖·唐维尔》灾难性的失败抛到身后,在笔记本里写道:"我再次拿起我那支老旧笔——这支笔承载我旧时所有难以忘怀的努力和神圣的奋斗。对于我自己——今天——我不必再说什么。前景仍是一片光明,空间依旧广阔无比。现在我是在做毕生可做之事,我会继续下去。"《梅西所知道的》《尴尬年代》《出使》《鸽翼》《金碗》——这些都是詹姆斯的毕生之作,它们的改编之作在伦敦剧院取得的成功弥补了之前他在戏剧创作前的失败,或者,这些改编并无必要,因为小说本身已经非常成功。

亨利承认，他和威廉①的妹妹艾丽丝·詹姆斯出生在一个"女孩子几乎没有成功机会"的家庭。艾丽丝在其优秀之作《日记》里承认，她一生经历了各种各样的失败：没法长大成人，没法成为传统意义上的"女人"，没法生存——这一失败令人深感其顽强。（四十三岁时，艾丽丝发现自己患上乳腺癌，她在日记里写下狂想，这真是天降鸿运，因为她那漫长的、无果的疾病终于获得具体的、无可置疑的、致命的判决。）

艾丽丝终生躺在睡椅上。艾丽丝是一连串病痛"无辜的"牺牲品：阵发性晕厥、抽搐、阵发性歇斯底里、令人无力的无名疼痛，还有十九世纪女性的常见病，如神经感觉过敏、脊髓神经官能症、心脏并发症和风湿性痛风。艾丽丝是全家关注的中心，却不是任何人感兴趣的对象。她躺在睡椅上，在公众眼里，在男性世界里，在历史中，她无足轻重，她没有价值，她什么也不是。不过，她死后，她的两个哥哥看到了她的《日记》，它展现的是犀利的眼光，无比准确的听力，与"哈里"（就是亨利）不相上下的才华，远超他的讽刺性幽默，这种幽默有时甚至是残酷的。艾丽丝·詹姆斯一生疾病缠身，一事无成，然而，矛盾的是，她事事皆成。《日记》的成功是一个文学声音的成功，它如弗吉尼亚·伍尔夫声名远扬的日记一样颇有价值。

---

① 威廉·詹姆斯（William James，1842—1910），美国著名小说家亨利·詹姆斯的哥哥，美国心理学家和哲学家，美国机能主义心理学和实用主义哲学的先驱，美国心理学会的创始人之一。1875年，他建立起美国第一个心理学实验室，1904年当选为美国心理学会主席，1906年当选为国家科学院院士。

我想，如果我能养成写作的习惯，写一点所发生的事情，或没有发生的事情，也许就能稍稍排遣挥之不去的孤独感和寂寞感。……写写随记，[为梳理思想而]读读精华之作，整理纷繁复杂的内心世界。如此，生活似乎丰富得难以想象。

生活似乎丰富得难以想象——这位作者、这位艺术家突然发出呐喊，挑战外部世界。

残疾永远是残疾。她年轻而死，这是一种胜利。一个保姆想对她的不幸表示同情，可艾丽丝在日记里说，命运——任何命运——因为是命运——因而令人着迷，所以，怜悯并无必要。人生来不是受苦的，而是与受苦谈判，去选择或发明适应受苦的形式。

《日记》的每一位评注者出于清教徒式的义务，要对艾丽丝盖棺定论，似乎《日记》没有什么文学价值，似乎它在文学趣味和历史价值上没有超过艾丽丝同时代的大多数出版物，不管作者是男是女。从内部看，这种认识不到一个人的才华的"失败"大不相同。我们必须记得，在詹姆斯家里，"有意思的失败比太过明显的成功更有价值"——大多数观察者也是这个看法。

无论如何，艾丽丝·詹姆斯在其《日记》中创造了"艾丽丝"，这可能是一个虚构的人物，一个令人难忘的奇妙之音。艾丽丝毫无怨言地沉入死亡，是她说了这样的话："我要宣布，任何人，如果她的生命只是五张靠垫和三条围巾可有可无的尾穗，只要等到信号，便有理由实施最不堪的自杀。"

西里尔·康诺利①用挽歌对句形式写成"战争之书"《躁动的坟墓：帕里诺鲁斯的词圈》。在书里，注定遭难的帕里诺鲁斯那模糊的身影思索各个时代令人忧郁但不断强化的智慧，这是"沉思的"一种方式（"沉思"这个词没有比用在这里更贴切的了），最终，他拒绝自杀。帕里诺鲁斯是"埃涅阿斯"这条船的领航者，却成了三十九岁的康诺利自我矛盾形象的象征。这种矛盾形象可称之为"神经质的"且自我毁灭的，除非你想起这个古怪的"词圈"出现在怎样的历史语境里，那是1942年秋天到1943年秋天的伦敦。《躁动的坟墓》是一部不断变形的日记，是集格言、沉思、悖论和描写片断为一体的抒情式大杂烩。它是老生常谈，从贺拉斯②和维吉尔③到歌德、叔本华、福楼拜和其他人，这些欧洲文学大师成了帕里诺鲁斯沉思的传声筒。在《雷蒙皮埃尔》一章中，帕里诺鲁斯命数不济，简言之，这样的命运迫切需要报复，还有怜悯：

> 帕里诺鲁斯是"埃涅阿斯"这条船娴熟的领航者。他

---

① 西里尔·康诺利（Cyril Connolly，1872—1947），英国文学评论家，《地平线》杂志创始人。
② 昆图斯·贺拉斯·弗拉库斯（Quintus Horatius Flaccus，前65—前8），罗马帝国奥古斯都统治时期著名的诗人、批评家、翻译家，代表作有《诗艺》等。
③ 维吉尔（Publius Vergilius Maro，前70–前19），奥古斯都时代的古罗马诗人。其作品有《牧歌集》（*Eclogues*）、《农事诗》（*Georgics*）、史诗《埃涅阿斯纪》（*Aeneid*）三部杰作。其中《埃涅阿斯纪》长达十二册，是欧洲文学史上第一部个人创作的史诗，代表了罗马帝国文学最高成就的巨著。

在睡梦中掉入海里，在暴风雨和海浪中挣扎了三天，终于爬上维利亚附近的海岸。心狠的当地居民杀了他，抢了他的衣服，把他的尸体丢在海岸上，埋都不埋。

康诺利思索死亡的诱惑，这一思索很有条理：启蒙，沉入地狱，净化，治愈——因为"帕里诺鲁斯的鬼魂必须得到安抚"。康诺利将近四十岁，准备"将他那具自负的、无聊的、有罪的和悔恨的残骸扔进另一个十年中"。他的婚姻是失败的，因为战争，他所爱的弗朗丝被无情夺走，他所知道的这个世界大概也难以忍受。他思考吸鸦片有什么好处，他思索近来四位朋友的自杀，他承认失去了伊甸园，要去适应另一个世界，这个世界虽然不同，但显然可以持久。《词圈》最后详细分析了帕里诺鲁斯对自己的命运负有怎样的责任，以此为幸福的种种好处作一低调的辩护。

帕里诺鲁斯这个神话人物……具有很高的心理分析价值。他显然代表了情愿失败或厌恶成功的那一类人，希望在最后一刻放弃，向往孤独、寂寞和默默无闻。帕里诺鲁斯尽管才华横溢，声名远扬，却在胜利到来的那一刻抛弃岗位，选择无名海岸。

康诺利只是通过不断思索"帕里诺鲁斯"对无名海岸的向往来拒绝自己对失败的向往和求死的意愿：《躁动的坟墓》这部独特的作品是通过理解失败而获得成功的。

詹姆斯·乔伊斯早年的失败指的是"成功"出版的作品少得可怜,这大概可以称之为失败。不断袭来的沮丧倒是造就了后来的乔伊斯:不管怎样,这些失败并没有让他抬不起头来。

想想他第一次尝试写长篇小说,写了《斯蒂芬·希罗》,一部七零八碎的作品,读起来不折不扣就是一部"处女作"——雄心勃勃,青春迸发,又有着年轻人好动和思想天真的缺点,脉络和风格十分传统,不过可以说"挺有前途的"。(虽然远不如D. H. 劳伦斯的第一部长篇小说《白孔雀》那么前途远大。)假如乔伊斯发现自己有可能出版《斯蒂芬·希罗》,假如他发表作品的经历没那么令人沮丧,那么他很可能会用上后来用来创作《一个青年艺术家的画像》的素材,那他就不会写出这部伟大的小说。随着事情发生变化,乔伊斯隐退,给自己十年的时间来创作一部杰作,他完全重写《斯蒂芬·希罗》,把第一次的草稿作为纯素材,语言为之做注释。《斯蒂芬·希罗》呈现的是人物和思想,讲了一个故事,而《一个青年艺术家的画像》是关于语言的,它就是语言,是其创造者在发现自身才华的宽度和深度后不断完善的画像。随着故事推进,斯蒂芬·迪达勒斯"孕育中的灵魂"逐渐获得独立,获得叛逆的力量。到小说结尾,它甚至从作者那里攫取了第一人称的声音,以斯蒂芬自己的日记取代小说的叙事策略,从而获得了某种自治权。乔伊斯面对的是不起眼的素材,这些素材甚至是平庸的,但他却写出了我们这一语言中最具原创性的作品。如果《都柏林人》的出版没那么具有灾难性,人们嚷嚷着希望这位"前途远大"的年轻爱尔兰人出版第一部长篇小说，那么，我们可以想见第二年他就会出版《斯蒂芬·希罗》，因为，考量一下《室内乐》（乔伊斯的第一本书）的诗歌的质量，可以说当时的乔伊斯对自己的作品肯定不是一个合格的评论家，再说，他需要钱，他一直需要钱。如果《斯蒂芬·希罗》得以出版，那他就不可能创作《一个青年艺术家的画像》。如果没有这部作品，尤其是没有它的结尾，我们很难想象会有《尤利西斯》的诞生……我们会这么想的。回头看，这是有可能的，只是作品不好卖，反而保护了詹姆斯·乔伊斯。斯坦尼斯劳斯发现，詹姆斯挺喜欢那种"牢牢植根于失败的那种刚性"。

可能性有无数。我们能否想象这样的 D. H. 劳伦斯，他伟大的小说《虹》照例受到欢迎，而不是引发非同一般的谩骂（一个刊物的评论者说："在这些字里行间，没有哪处不是充满恶意，没有哪处不是充满性暗示。"另一个评论者说，这部小说"没有存在的权利"），那么，劳伦斯会如何因为愤怒和憎恶而写下《恋爱中的女人》？福音书一般的《查泰莱夫人的情人》在它的几个版本里，又会是什么样呢？在另外一个世界，有一个人叫威廉·福克纳，他的诗歌（在各个方面笨拙地模仿斯温伯恩[①]、艾略特和其他人）是"成功的"；有一个福克纳早年没有写诗，而是去写小说，小说为他赢得可观的声誉和经济收入——《士兵的报酬》模仿海明威，《蚊子》模仿赫胥黎——结果可能是福克纳自己的声音永远不会为人所知。（一旦福克纳

[①] 阿尔加侬·斯温伯恩（Algernon Charles Swinburne, 1837—1909），英国诗人、戏剧家、小说家和批评家，维多利亚时代最后一位重要的诗人。

需要钱——他总是需要钱——他会写得越快越好,怎么好发表就怎么写。)他那些伟大的、奇异的、难读的小说(《喧嚣与骚动》《我弥留之际》《八月之光》《押沙龙,押沙龙!》)看上去挣不到钱,倒是给了他创作的自由和空间,甚至是我们说的"自留地",让他放开手脚、随心所欲地去实验语言。斯坦尼斯劳斯·乔伊斯说过的,这种"刚性"才是天才最需要的。

天才不知道自己是天才——不会真正知道:他有希望,他有感应,他忍受令人抓狂的、挥之不去的疑虑,成功如此朦胧,遥不可及,失败却是忠实的伙伴,想象下一本书会更好,这是动力,要不,为什么要写作?这一冲动可以从理论上去表述,甚至从哲学层面上去表述,可它无疑是实实在在的,如我们的鲜血和骨髓一样实实在在。在我死之前写点东西,这是一个永不满足的愿望,痛切地意识到生命短暂而狂躁,这使我坚持……抱住我的生命之锚——弗吉尼亚·伍尔夫在她的日记里说出了我们所有人的心声。

灵　感！

是的，灵感多少是存在的。

获得灵感：我们知道灵感是什么意思，甚至知道灵感来了我们有时是什么感觉，可灵感究竟是什么呢？突如其来的新生命和新活力，劈头盖脸，无可抵挡，一种兴奋感，难以抑制。然而，为什么有些事物——一个单词，一个眼神，窗口一瞥的小小场景，漫游而来的记忆，一阵花香，一则随意听来的轶事，一小段音乐或一场梦——会刺激我们，赋予我们强大的创造力，而很多其他事物却不会这样呢？我们说不清道不明。我们都知道过去获得灵感是什么感觉，可我们不敢说将来还会有灵感。很多作家埋头苦干，希望灵感再来，这就像不停地擦那根湿火柴，擦呀，擦呀，苦望火柴折断前会有小小的火苗跳出。

我想，早期超现实主义者的看法肯定是对的：这个世界是一个"符号的森林"，等着我们去读解。视觉世界在表面的无序下传达着有意义的"信息"，就像梦是无序的，但潜藏着意义，谁怀着敬意去观察，便有可能最先明白其中的奥妙：就像超现实主义摄影师曼·雷①背着相机漫游巴黎街头，从不先入为主，而是

---

① 曼·雷（Man Ray, 1890—1970），美国先锋摄影大师、达达主义的奠基人、诗人、雕塑家、超现实主义电影的开创者。二十世纪最具影响力且最全方位的艺术家之一。

敞开胸怀,无论是材料还是机会,来者不拒,随看随记,以备使用。从一开始,超现实主义最令人难忘的意象都是来自纯粹的日常生活,再让它们脱离语境,变得陌生化——如诗人洛特雷阿蒙①说的:"一架缝纫机和一把雨伞在解剖桌上巧遇,这就是美。"

出人意料的是,亨利·詹姆斯对素材的开放态度可和任何一个超现实主义者媲美。他在伦敦社交圈的餐桌上热切地聆听他人的闲聊。(好多年来,我们都误解了这位著名的小说家,以为他性格内向,书呆子气十足,其实他在一个社交季里外出就餐多达两百次。)詹姆斯是那种知道如何保持安静、注意倾听的人。他听到或偷听到无数的流言蜚语和市井逸事,其中只有一小部分用于他那十分精巧、深奥难懂、非常个性化的艺术创作中,其中有《阿斯彭文稿》《被凌辱的伯顿》《圣泉》和那部世纪末的恐怖心理经典之作《螺丝在拧紧》。(他听到一则吸引人的逸闻,但只听了一半,便要求对方不要讲完故事:他不想让纯事实污染了自己的想象。后来,这则逸闻成为《被凌辱的伯顿》中喜剧情节的素材。)詹姆斯离开美国多年后重访华盛顿广场,他声称"看到了"自己不存在的美国的另一半——因此写下了那篇出色的鬼故事《快乐一角》。在这个中篇里,那个不存在的自我,那另一个"詹姆斯"变成了现实,又遭到驱逐。1916年复活节,都柏林爆发猛烈的起义,之后,威廉·巴特勒·叶芝对爱尔兰起义者很生气,认为他们无谓地丢掉性命。然而,一行神秘的诗句纠缠他很多天——这行诗不断重复——最后,围

---

① 洛特雷阿蒙(Comte de Lautréamont, 1846—1870),法国诗人,代表作为《马尔多罗之歌》(Les Chants de Maldoror)。

绕着这行诗"一种可怕的美已经诞生",他那首伟大的《1916年复活节》成形了。

> 我用诗把它们写出来——
> 麦克多纳和康诺利,
> 皮尔斯和麦克布莱,
> 现在和将来,无论在哪里
> 只要有绿色在表层,
> 是变了,彻底地变了:
> 一种可怕的美已经诞生。①

卡伦·布里克森使用精心挑选的笔名"伊萨克·迪内森"②。她把不乏苦涩的个人经历转化为种种意象,这些意象即便不是神秘的,看上去显然和她个人也没什么关系。不过,如果我们知道如何解码这些线索,便明白她作品中的个人因素是一以贯之的。例如,在《最后的故事》(1947)中,《红衣主教的第三个故事》是一则寓言,一个骄傲的处女在梵蒂冈亲吻了圣彼得雕像的脚而传染上梅毒,在她之前,一个年轻的罗马工人亲吻了那只脚——该书出版后,这个细节引发很多负面评价,说它"很轻薄"。其实,这其中有着迪内森自己的秘密,她也

---

① 此处采用查良铮译文。
② 伊萨克·迪内森(Isak Dinesen, 1885—1962),丹麦著名女作家,原名卡伦·布里克森(Karen Blixen),代表作为《走出非洲》(*Out of Africa*, 1937)。海明威在接受1954年诺贝尔文学奖的典礼上说过:"如果这笔奖金授予美丽的作家伊萨克·迪内森,我会更高兴。"

曾"无辜地"染上梅毒,这是不为一般人所知的。年轻的让-保罗·萨特因服用迷幻剂而产生幻觉,看到树的根部,他大受触动,最终,他的第一部小说《恶心》围绕这一带有宗教意味的形象而成形。不管有什么样的误导,这个意象后来代表了存在主义者的观点,即"实在"是神秘的,通常具有恶意的"物性"。

1963年,诗人兰德尔·贾雷尔①收到他母亲寄来的一箱信件,里面有他二十世纪二十年代十二岁时写的信。他立刻开始了可以说是他最后的创作期——他妻子说,真正从空气中抓出来的诗歌。书名说明了一切:《失落的世界》。在这之前,贾雷尔一直很懈怠,在这之后,他陷入忧郁之中,死于1965年。诗人西奥多·韦斯②写了一首二十行的诗,因得到灵感,他一直写这首诗,日复一日,月复一月,年复一年,最后写了二十年。这首诗的每一行都神秘地"展开,成为一个情节",最后形成韦斯的第一首长诗《瞄准器》,有一本书那么长。尤多拉·韦尔蒂③在密西西比河杰克逊镇上她那漂亮的客厅里听到——经常听到——令人无比惊讶的故事,这促使她写下早期的短篇小说《石化人》。在这个故事中,作者完全隐退,只让声音说话。E.L.多克托罗④驾车行驶在阿第伦达克山中,碰巧看到"鱼鹰湖"

---

① 兰德尔·贾雷尔(Randall Jarrell, 1914—1965),美国战后重要的诗人和评论家。
② 西奥多·韦斯(Theodore Weiss, 1916—2003),美国诗人。
③ 尤多拉·韦尔蒂(Eudora Welty, 1909—2001),美国短篇小说大师,以描写美国南方生活见长。
④ E.L.多克托罗(E.L.Doctorow, 1931—2015),美国著名后现代派小说家,代表作有《但以理书》(The Book of Daniel, 1971)、《拉格泰姆时代》(Ragtime, 1975)、《鱼鹰湖》(Loon Lake, 1980)、《上帝之城》(City of God, 2000)等,生前一直是诺贝尔文学奖的热门人选。

这个路牌——一瞬间,他对这片山谷的感觉清晰起来("真切神秘的荒野,充满黑色秘密的地方,历史在森林里腐烂")。突然,他的小说《鱼鹰湖》获得了最初的原动力,那就是"对一个地方、对一两个意象的感觉"。

对约翰·厄普代克而言,灵感的到来,有如"材料被打包送过来"。1957年,厄普代克在他祖父去世一两年后重访宾州的老希林顿贫民院,那里已成废墟。目睹此景,他大受触动:"[贫民院]只剩下一个坑,从这个坑里冒出来一个愿望,那就是写一部未来主义小说"——一部极为个性化的作品,是对未来的寓言。就这样,厄普代克的第一部小说《贫民院义卖会》酝酿出来了,和他第一部典型的"自传体"小说截然不同。诺曼·梅勒的第一部小说《裸者与死者》和厄普代克的第一部小说相反,完全是刻意的努力,"我活到二十五岁时学到的一切绝对都在这里了"。梅勒笔下的人物在真正落笔前早就构思出来了,分类放在盒子里。他在写作前攒了几百张这样的卡片,等到下笔时,"小说本身就像是长长的装配线的终端产品"。不过,梅勒的第二部小说《巴巴里海滨》似乎是无中生有:每天早上他都不知道如何推进,也不知道要写到哪里。如果说《裸者与死者》是一个年轻木匠建起的房屋,扎实努力,得心应手,那么《巴巴里海滨》"就像是森林中央一个鬼魂向我口授而得"。同样,《我们为什么在越南?》号称是梅勒的《哈克贝利·芬历险记》,是他在三个月高度兴奋、无比狂喜的状态中创作出来的,仿佛主人公对他说什么,他就记什么——"一个令人难以置信的十六岁天才——我连他是白人还是黑人都搞不清楚"。约瑟夫·海勒的小说总是以一句无来由的话开头,与主题、背景、人物、故事统统无关。《第二十二条军规》的开篇——"这就是一见钟情。(……)第一次看到牧师,他就疯狂地爱上了他"——没头没脑地蹦到他笔下,没法解释,可没到一个半小时,海勒就在心里勾勒出了小说的轮廓:它独特的基调,它难以捉摸的形式,还有很多人物。小说《出事了》的开头莫名其妙:"在我工作的办公室里,我怕四个人,这四个人中的每一个又怕五个人。"虽然就在几分钟前,海勒还丝毫不知道这部作品将占用他很多年的时间,但不到一个小时,他就知道了作品的开头、中间、结尾和贯穿始终的焦虑感。

琼·狄迪恩[①]开始写小说《顺其自然》时,都不知道"人物""情节"甚至"事件"在哪里,她的脑海里只有两个画面:一个是空荡荡的白色空间,另一个是拉斯维加斯的里维埃拉酒店的赌场,一个名气不大的好莱坞女演员被叫去接电话。白色空间对故事没什么启发,不过女演员就不一样了:"一个身穿白色短露背装的年轻长发女子,深夜一点走过里维埃拉酒店的赌场,她独自一人,接的是酒店内部电话。我看着她,因为我听到有人叫她接电话,想起了她的名字:她是个名气不大的演员,我在洛杉矶附近见过她,但没有打过照面,我对她一无所知。谁打电话给她?电话为什么打到这里?她是怎样来到这里的?在拉斯维加斯的这一刻,《顺其自然》开始向我讲故事了。"

[①] 琼·狄迪恩(Joan Didion,1934—),美国随笔作家和小说家,在美国当代文学中地位显赫。她在小说、杂文及剧本写作上都卓有建树,被评为"我们时代最伟大的英文杂文家"。

约翰·契弗①在 1976 年《巴黎评论》对他的访谈中谈到完全不相干的事物是如何不请自到的:"这是个储蓄的问题,这是个获得触电感的问题。"如此,写作就像称重,"砝码"要放准——字词的选择要吻合心中所想——这不容易。当然,在所有的文学想象中,最为离奇的是约翰·霍克斯②的《情欲艺术家》。霍克斯在其选集《血与皮肤的幽默》中有该小说的节选。在节选的前言中,霍克斯说起他和妻子在法国南部生活了一年,当时他发现自己不知怎么的,就是写不了东西,深陷沮丧而难以自拔。"我每次走进屋里,就觉得看到了父亲的灵柩……尽管我的父母葬在缅因州,我还是有这种幻觉。每天早上,我坐在小桌旁,麻木呆滞,每天早上索菲都在桌上放一朵新摘的玫瑰,可连这爱的信物和鼓励也不起作用,一切都毫无希望,写作根本不可能。"有一天,有人邀他们去午餐。席间,有人告诉他一个有意思的坊间传言:一天,一个中年男人去尼斯接他在那里上学的女儿,没想到从孩子的同学那里碰巧发现女儿是一个活跃的妓女,她已经离开操场去赴约了。霍克斯听着,仿佛看见自己走向一个孤独的女孩和操场上空荡荡的秋千……再加上一些看似不相干的联想,《情欲艺术家》的情节就有了,无法创作的瘫痪感消失了。

安德烈·布勒东③说,奇思妙想最令人赞赏之处就是空想并

---

① 约翰·契弗(John Cheever, 1912—1982),美国小说家,尤以短篇小说著称,被誉为美国"城郊的契诃夫"。此外,还创作了多部长篇小说。
② 约翰·霍克斯(John Hawkes, 1925—1998),美国著名的先锋派和后现代主义作家,美国艺术文学院院士。
③ 安德烈·布勒东(André Breton, 1896—1966),法国诗人和评论家,超现实主义创始人之一。

不存在：一切都是真实的。

在《一个青年艺术家的画像》中，斯蒂芬·迪达勒斯解释了乔伊斯式的"顿悟"概念："那是灵魂突然显现，或是在粗俗的言语或姿态中，抑或是在心灵一种难忘的状态中。他相信，艺术家应该格外仔细记录下这些顿悟，将它们表现为最微妙、最易逝的时刻。"如今，乔伊斯这个最有说服力的艺术创作动机说已成为一个重要的常识，不过，这不应该阻碍我们去好好研究它。当年，二十来岁的乔伊斯还是都柏林大学学院的学生，他就开始收集"顿悟"，记在笔记本里。他的雄心不仅是写作，而是创造天才之作。他收集了大约七十个顿悟——突然而意外的"灵魂显现"时刻——其中有四十个保存下来，很多没怎么修改或根本不改就用在《斯蒂芬·希罗》（乔伊斯早期未完成的长篇小说）和《一个青年艺术家的画像》里，《都柏林人》的故事也是围绕这些顿悟来设计的。这些顿悟很像是叙事式的散文诗。也许可以说，《尤利西斯》是对顿悟的延长式赞颂，这一顿悟适合一张由多种因素决定的智性（诡辩？）之网：一个短篇故事无限膨胀，把宇宙囊括其中。（实际上，《尤利西斯》在形式上源于《都柏林人》里的一个故事，名叫《尤利西斯》或《亨特先生的一天》——按乔伊斯说的，这个故事的题目是什么，内容就是什么。）当然，顿悟只有能够唤醒已然存在（但说不清道不明）的内在状态，才有意义。想象上天恩宠会从天而降，那是幼稚的——我们的灵魂需要时刻准备迎接顿悟。

不过，作家是不是胜利地独占一个秘密的世界，只有他自己才有进去的钥匙？（纪德的话）——或者，他也许受制于那个世界？潜意识的独特力量在于它引导我们去到它想去而我们不一定想去的地方。梦不能控制，艺术作品的开花结果也无法控制，除非是在很小的细节上。等我们发现一部小说的"声音"，这"声音"变得令人昏昏欲睡，令人陶醉，令人不解。它从哪里来？它要到哪里去？就像在童话故事或传说里，有魔力的钥匙打开一扇门，那是一间神秘的屋子——可你敢进去么？想想那扇门缓缓关上？想想你被关在里面，直到魔咒解除，可如果那"魔咒"是一辈子呢？如果那"魔咒"就是生命本身呢？

于是就有了我们熟悉的艺术"通神"之说：柏拉图说艺术源于神示，通神说一方面与之截然相反，另一方面却是一码事。非己之物占据我们的心灵，执着地要通过我们说话。为文学创作所困扰，和为任何一种执着所困扰没什么大不同，比如人生中最初的、最强烈的性爱。在这里，情感的目标肯定是人，但情感本身却拥有非人的力量：原始的，冷漠的，有时甚至是可怕的。"头脑风暴"这个说法是一个隐喻，按字面意思，它指的是狂风暴雨，指原始力量，比如威廉·布莱克那漫无节制的幻觉，卡夫卡早期写作时的狂喜——通宵达旦地写！毫无倦意！神魂颠倒！——根本不在乎他自己健康不佳，精疲力竭。"真奇怪，创造之力有时能使整个宇宙变得有序起来。"1934 年 7 月 27 日，弗吉尼亚·伍尔夫如是说。不过，她本可以继续说，这个"宇宙"就是自己那个私密的、未经开放的自我，那个"通神的""神示的"自我。

玛丽·雪莱的《弗兰肯思坦》源自很单纯的动机，就和这部作品本身一样：玛丽·沃尔斯通克拉夫特·古德温·雪莱接受拜伦爵士随口提出的建议，却很久没能写出一篇鬼故事。那天，她躺在床上，昏昏欲睡中产生了幻觉："我看到一个面色苍白的学者干了亵渎神灵之事，他跪在自己组合起来的躯体旁，我看到一个可怕的人形幽灵舒展四肢，在一阵强大的动力驱使下，它开始显示出生命的迹象……他拥有生命力，却吓坏了这位科学家，他跑走了，[希望]这个东西……会沉解为死亡的物质。他睡着了，可当他醒来，睁开眼睛，却看到这个可怕的东西站在他床边，正掀开他的床帘。"《弗兰肯思坦》的一个中心意象就是那道电流。它有如神力，来自一棵漂亮的老橡树，一道令人炫目的"生命之流"，点燃了老橡树，又毁灭了它。在作者经历了一段时间的紧张和沮丧后，这一强有力的意象也许就是来自潜意识的强大入侵，猛烈刺激了她的想象力。(《弗兰肯思坦》讲的是一个可怕的诞生故事，而作者就是一个未婚先孕的年轻女子，和情人有过两个孩子，但只有一个活下来，所以，讲这样的故事不会纯属巧合。)玛丽·雪莱在1816年6月做了这个白日梦后，已经有了故事的主题——实际上她是被"迷住"了。这个魔鬼之梦演化为一部杰作，带着如此神秘的力量走向我们，令人不敢相信的是，它竟然源于纯粹的个人经历，而不是来自一个集体神话。《弗兰肯思坦，或现代普罗米修斯》于1818年出版，立刻赢得一片欢呼。几年过后，这部小说的艺术声誉消退，但弗兰肯思坦的魔鬼——大家只管叫它弗兰肯思坦，这是不准确的——却成了经典。梦魇般的幻觉在它开始之地终结，多少成了一种客观存在，这有点儿异乎寻常。

通过语言来核实生活经历，详细记录下来，以保存不断流逝的时光，这种需求有时几乎达到了令人反感的地步，为什么还要这样做呢？"所有的诗歌都是关于位置的，"纳博科夫在其自传《说吧，记忆》中说，"它努力解释一个人在宇宙中的位置，而意识为无比古老的欲望所推动，拥抱这个宇宙。意识的胳膊伸出去，摸索着，胳膊伸得越长越好。阿波罗的天然同伴不是翅膀，而是触角。"对纳博科夫而言，就像对很多作家一样，如鲍斯韦尔①、普鲁斯特、弗吉尼亚·伍尔夫、福楼拜，当然还有詹姆斯·乔伊斯，生活经历必须通过语言转写出来，否则它就不是真的：作家通过写作，给予他的（历史的）自我以认可。他创造自己，想象自己，有时重新给自己起个名字，那名字像艺术作品中某个虚构人物的名字，想想沃尔塔·惠特曼（Walter Whitman）把自己的名字改为沃尔特·惠特曼（Walt Whitman），戴维·亨利·梭罗把自己的名字改为亨利·戴维·梭罗。这种冲动已近乎某种神圣的义务，至少在雄心勃勃的年轻作者心中是这样的。"我正在做的，"詹姆斯·乔伊斯在写给弟弟斯坦尼斯劳斯的信中说，"和做弥撒的神秘有些相像……就是通过把日常生活的面包转化成某种拥有永恒艺术生命的东西……提升人们的心智、道德和精神……使他们获得智力上和精神上的愉悦。"（这里我们忍不住要提一下，都柏林的公民们正是为了保持"心智、道德和精神"上的现状，群起攻击乔伊斯

---

① 詹姆斯·鲍斯韦尔（James Boswell，1740—1795），英国著名的传记作家，现代传记文学的开创者。

的《都柏林人》，实际上把他终生流放到欧洲。）

至此，没有人像弗吉尼亚·伍尔夫在其多卷本的日记里如此用心地分析一个作家复杂的生活，她的书信往来则没这么详尽。伍尔夫如此详尽地讨论这些事情——某个思路慢慢发展，进入意识中；将处于萌芽状态的、令人难以捉摸的一切艰难地转化为文字；视写作为一种胜利的行为；有必要屈从于潜意识（伍尔夫称为"下意识"，把它想象成"她"）；语言的发音、节奏、韵律带来的愉悦——因为她想理解它们。1928年9月28日，她在写给维塔·萨克维尔-魏斯特的一封信中说：

> 我相信，开始写小说，主要是寻找感觉，不是你能写什么，而是它存在于海湾远远的那一头，语词无法跨越：你只能在令人窒息的痛苦中克服困难。如果我坐下来写一篇文章，不出一个小时，一大堆话就会来到笔头，可小说……要写好，在写之前，它应该是某种无法写出的东西，只能看到，所以，你会一连九个月生活在绝望中，只有忘记自己是什么，这本书才可以忍受。

关于风格：

> 风格是很简单的事情，它就是所有的韵律。一旦你明白了风格，你就不会用错词句……韵律是什么，它非常深沉，比语词深沉得多。一个眼神，一种情感，还没等你找到合适的表达，它早就在心里掀起滔天巨浪。在写作中，

你得再次体验，让它活起来（这和语词显然没有任何关系），等它在心里翻来滚去，就会有合适的语词对上。

我们想起年轻的欧内斯特·海明威每个早上都在巴黎的咖啡馆里写作，摸索着创作他的第一部作品《在我们的时代里》，开始写得异常艰难，异常缓慢，后来，他确定下"一个真正的句子"——通常是一个简洁的陈述句——这才可以把先前写的东西扔掉，开始他的故事。我们想起威廉·福克纳创作他最伟大的小说《喧嚣与骚动》，故事开始是令人困扰、令人费解的意象——一个无名小姑娘穿着沾满泥巴的衬裤，爬上窗外的一棵树——然后慢慢展开，成为一个长故事，它需要另一个故事或另一个部分来扩展它，这另一个故事又需要另一个故事来扩展，再需要一个故事来扩展，最后，福克纳的小说就有了四个部分，出版于1929年，书名叫《喧嚣与骚动》。二十年后，马尔科姆·考利①编辑《袖珍本福克纳选集》，福克纳增加了附录。现在出版这部小说，这附录已是全书不可分割的一部分。

"我在写一部我一直难以控制的小说……我写到第145页，却不知道要写什么。我讨厌这种感觉，弗里达说写得挺好，可这像是用我不太熟悉的外语写的小说——我只是勉强弄明白在写什么。"1913年，D. H. 劳伦斯写了一封信，谈到他正在创作的《姐妹们》。在小说的"初发酵"阶段，这位年轻作者的想法

---

① 马尔科姆·考利（Malcolm Cowley, 1898—1989），美国评论家、诗人、编辑，二十世纪美国最优秀、最权威、影响力最大的评论家之一，对当代作家和艺术思想产生了非常重要的影响。

还不清楚，还不成熟，只想着写一本为赚钱而不讲质量的书，最后，它成了《恋爱中的女人》。他构思时犯了几次错，这才意识到必须给女主人公一个背景。这一背景迅速发展，成为一部独立的新小说的萌芽，讲的是布兰文一家三代人的故事——英格兰中部地区的社会史，始于工业革命之前，到1913年左右。简言之，《姐妹们》中女主人公的"背景"成了《虹》。《虹》出版于1915年。（《恋爱中的女人》出版于1920年，两部小说在结构、风格、叙述声音和基调上大相径庭。）

《虹》和《恋爱中的女人》这两部二十世纪伟大的小说几年内先后出版，这是劳伦斯创作方法的产品，还是他对创作方法叛逆的产品？劳伦斯是一个非常依赖直觉的作家，然而，他愿意为一部作品打无数次草稿，甚至扔掉了多达一千页的稿纸，他说写《虹》时就是这样的。他对自己深为信任，这给了他活力去实验，去追随自己的声音和人物。在性情上，劳伦斯和詹姆斯·乔伊斯截然相反，乔伊斯对创作的每一步都用心设计，意在将作品提升至象征和原型的高度。"不能从某些人物的脉络去看（我的）小说的发展，"1919年，劳伦斯在一封信里如是说，"人物归入的是其他有节奏的形式，就像一个人用提琴弓在细沙盘里划过，沙子上的线条无人知晓。"

沙子上的线条无人知晓，还能找到更美、更精确的意象来形容创造性写作之难以捉摸吗？——我们徒劳地去理解这一内在力量和外在力量的结合点，但又必须希望最终能表现出来，是不是这样呢？

阅读中的写作：工匠中的艺术家

I.

可最令人激动的生活是想象的生活。

——弗吉尼亚·伍尔夫，日记，1928年4月21日

当然，写作是一门艺术。艺术源自人类想象的深处，它奇异，神秘，不易说清，第一印象如此，归根到底也是如此。想想孤独的顶级大师艾米莉·狄金森沉浸在灵感的狂喜中——"你可曾见过在炽热中烧烤的灵魂？"——想想年轻的弗朗茨·卡夫卡在痛苦中写作他的第一个短篇故事《判决》。他通宵达旦地工作，希望把"我脑子里那个巨大的世界"转化为文字，以释放压力，不让它"把我撕碎"。也许我们对年轻的凯鲁亚克没那么敬佩，想想他并没有埋头苦干，写他那些自传性小说，只是在酒精、安非他明和躁狂的驱使下，整晚都在打字，创作出他称之为"无意识散文"的《在路上》。这部作品令他一夜成名，也令他臭名昭著。小说写在用多张中国美术纸粘在一起的单张纸上，穿过凯鲁亚克的手动打字机，足有惊人的一百五十英尺长。想想赫尔曼·麦尔维尔在创作他的杰作《白鲸》时，同样有阵阵来袭的狂喜。想想D. H. 劳伦斯的经典短篇《盲人》《马贩子的女儿》《木马赢家》《逃跑的公鸡》行文流畅，看似不讲什么艺术

性。其实,如果没有这种情感的涌动——纯粹个人的、无拘无束的——就不可能有创造力。不过,要创造"艺术",仅凭灵感和活力,就算加上天才,也是不够的,因为小说也是一种技艺,既是技艺,就得学习,不管是碰巧学到还是刻意所为。

于是,我们明白了另一个大不相同的道理:一个作家,即便他或她在读者和评论者眼里非常有独创性,其创作风格和"创作思想"也很可能受益于成就卓著的前辈。想想诗人罗伯特·弗罗斯特已然不再年轻,还未有作品问世,他以无比的细致研究托马斯·哈代的诗作。即便哈代那高贵的悲剧意识弗罗斯特没有完全接受,但哈代诗歌的节奏韵律已经进入他的灵魂,成为不可分割的一部分。没人想到有一天弗罗斯特会成为和他的前辈一样伟大的诗人,就连弗罗斯特自己也没有想到,在美国,读他的诗歌的人比读哈代的多得多,这样的结果令人吃惊。想想年轻的弗兰纳里·奥康纳正在写她那即将被命名为《智血》的中篇小说,她发现了索福克勒斯的《俄狄浦斯王》和纳撒尼尔·韦斯特①的《寂寞芳心小姐》,这两部杰作给她留下的印象深刻而持久:索福克勒斯笔下的俄狄浦斯自瞎双眼,尊严地面对悲剧命运。这一点,奥康纳重现在《智血》里。她向韦斯特学习辛辣的笔锋,极有天才的漫画手法,他那年轻的男士"孤心小姐"是一个基督狂,他否定自己的信仰,这很像奥康纳笔下年轻的基督狂黑兹尔·莫茨。纳撒尼尔·韦斯特对奥康纳的影

---

① 纳撒尼尔·韦斯特(Nathanael West, 1903—1940),美国作家、编剧,代表作是《寂寞芳心小姐》(*Miss Lonelyhearts*, 1933),该作奠定了他一流小说家的地位。

响处处可见，就算是她的成熟之作如《上升的一切必然汇聚》，也保留有韦斯特式的措辞突转，尖刻，令人深思，又不乏幽默，到故事结尾处，喜剧的口吻突然转为残酷。

想想年轻而生气勃勃的赫尔曼·麦尔维尔读了和他同时代的纳撒尼尔·霍桑的寓言式故事集《古屋青苔》，大受触动，修改了《白鲸》的创作计划，把带有喜剧色彩的流浪汉小说改为严肃得多、高贵得多、悲剧色彩浓重得多，最终创作出哪怕不是二十世纪，大概也是十九世纪美国最伟大的小说。想想年轻的作家威廉·福克纳，他当时二十多岁，正在摸索一种声音，一个视角，一种思想，试图效仿又抛弃形形色色的榜样，如阿尔加侬·斯温伯恩、奥尔德斯·赫胥黎①，甚至和他同时代的欧内斯特·海明威，后来才发现性情上和他更为接近的詹姆斯·乔伊斯，还有古斯塔夫·福楼拜的《包法利夫人》和约瑟夫·康拉德的《水仙号上的黑家伙》，这些精心构建的杰作对福克纳的影响不可估量。福克纳那与众不同的诗性文风对彼此大不相同的作家如加夫列尔·加西亚·马尔克斯和科马克·麦卡锡产生不可估量的影响。还有欧内斯特·海明威，一般都认为他的极简主义和不掺和任何情感的理念改变了美国文学的风格，不过他也深受马克·吐温和舍伍德·安德森这些杰出前辈的影响，没有他们对美国口语的提炼，尤其是在《哈克贝利·芬历

---

① 奥尔德斯·赫胥黎（Aldous Leonard Huxley，1894—1963），英格兰作家，属于著名的赫胥黎家族。他以小说和大量散文作品闻名于世，也出版短篇小说、游记、电影故事和剧本。长篇小说《美丽新世界》（*Brave New World*，1932）与乔治·奥威尔的《1984》、扎米亚京的《我们》并称为"反乌托邦"三书，在国内外思想界影响深远。

险记》和《小镇畸人》这些杰作中,著名的海明威风格恐怕也难以发展起来。

有时,一个文体大师否认或没有察觉自己受到了另一个作家的影响,如弗吉尼亚·伍尔夫在1935年4月20日的日记中写道:

> 我是不是本能地避免去做分析,这样会有损创造力?我觉得这的确有点道理,如果你自己这样做,即接受在世作家的作品,那太粗俗,太片面了。

此时,弗吉尼亚·伍尔夫心里琢磨的是詹姆斯·乔伊斯的《尤利西斯》。她不可能没有意识到这不但是一部令人吃惊的天才之作,而且它还会不可逆转地改变小说这一概念本身:

> 我应该读一读《尤利西斯》,以形成我赞成或反对的意见。我已经读了二百页——没到三分之一。头两章或三章,我觉得有趣、亢奋、着迷、喜欢……然后觉得困惑、无聊、恼怒和彻底失望,就像看到一个性情动荡的大学生在抓挠他的青春痘。汤姆[T. S. 艾略特]对《战争与和平》也是一样的看法!我觉得这本书是没文化、没教养的人写的;一个自学文化的工人写的书,我们都知道他们是多么痛苦,多么自负,多么执着,多么粗俗,多么哗众取宠,最后就是多么令人厌恶。
>
> (日记,1922年8月16日)

伍尔夫的断言已经落俗到出于阶层身份的势利，哪怕不是因为羡慕，当然也是因为嫉妒《尤利西斯》的活力和创造力。伍尔夫感到碰上了一个胜过她的文学天才，不管她改革英国小说的心志有多大，她也不可能看不出来，和乔伊斯的作品比起来，她的风格是多么的贫血，多么的"印象式"。不过，在伍尔夫的《到灯塔去》和《海浪》里，主要在《幕间》里，她显然受到了乔伊斯革命式的语言的影响。和十九世纪的"人物"观不同，阅读这些作品有如内耳听到音乐，它们以简略的方式传达着转瞬即逝的心理状态。

通常，"影响"不是一下子就能看出来的，但可以说它洋溢在一个年轻作家的情感中，更多地表现在其性格中而非其所写的东西中。作为艺术家，作为梦想家，安东·契诃夫和列夫·托尔斯泰的区别大得不能再大了，不过契诃夫对托尔斯泰的尊敬要大大高于其他作家：

> 托尔斯泰生病了，我吓坏了，我一直很担心。我害怕他死去，如果他死了，我的生活会出现一大片真空。首先，我爱他胜过爱任何人。我不信教，不过在我全部的信仰中，我认定他的信仰和我的最为接近，也最适合我。其次，有托尔斯泰作为文学的一部分，当一个作家你感觉自在、愉悦；你没有做完学问，甚至没有做完任何事情，都没那么可怕，因为托尔斯泰给了我们所有人补偿。他的所作所为证明了写在纸上的所有希望和期待都是有道理的……
>
> （写给 M. O. 缅希科夫，1900 年 1 月 28 日）

不过，在这封信中，契诃夫尖锐地批评托尔斯泰刚出版的《复活》"神学意味太重"。

同样的，在弗兰纳里·奥康纳的小说里，我们很难发现詹姆斯那种非常微妙的情感，但她谈到自己以极大的尊敬和关注阅读亨利·詹姆斯的作品。拉尔夫·艾里森①细致地研究欧内斯特·海明威和格特鲁德·斯泰因②，不过在造句上，他似乎从威廉·福克纳那里学到的要多得多。抒情寓言家尤多拉·韦尔蒂钦佩超级现实主义家安东·契诃夫。亨利·戴维·梭罗会用一个视觉艺术家的眼光观察丰富深厚的自然世界，以精确的散文传达这一视野，他喜爱的却是神话时代的荷马以及吠陀梵语的《奥义书》这类宗教神秘作品，含义十分模糊，哲学意味深厚，远离自然。理查德·赖特③也许相信自己在写《土生子》时是受了陀思妥耶夫斯基的《罪与罚》的影响，然而，这部令人吃惊的长篇小说反映美国黑人贫民区的生活和种族主义，除了情节这表面的相似之外，它似乎没有一点《罪与罚》这部俄罗斯杰作中深沉的宗教意识。在某种程度上，我们可以理解亨利·詹姆斯为什么着迷于奥诺雷·巴尔扎克，尤其是巴尔扎克在十九

---

① 拉尔夫·艾里森（Ralph Ellison，1914—1994），美国黑人小说家，长篇小说《看不见的人》(Invisible Man，1952)为其代表作，被称为"划时代的小说"。
② 格特鲁德·斯泰因（Gertrude Stein，1874—1946），美国作家、诗人、剧作家、艺术品收藏家与批评家，作品有《三个女人》(Three Lives，1909)、《爱丽丝自传》(The Autobiography of Alice B. Toklas，1933)等。
③ 理查德·赖特（Richard Wright，1908—1960），美国黑人小说家、评论家，长篇小说《土生子》(Native Son，1940)为其代表作。

世纪的卓著声誉,不过,巴尔扎克的文风对詹姆斯似乎没有丝毫影响,他的情节富有戏剧性,这在詹姆斯笔下一点也找不到。在詹姆斯那里,构成戏剧性的是微妙的人际关系,经常只是内在的启示。(正如詹姆斯的代表性故事《丛林野兽》,主人公是个中年单身汉,大部分读者很快看出来,他最后才意识到一点,那就是在他的生活中,"任何事情"都没发生过。)不过,奇怪的是,亨利·詹姆斯读了萨拉·奥恩·朱厄特①(和詹姆斯同时代的作家,名气不是很大,她最著名的作品是《新英格兰故事》)的一篇故事后,在笔记本里记下如下思考:

1899 年 2 月 19 日

一个小时前读了四五行朱厄特小姐那本迷人的故事集,日常小事已见才华之萌芽,令人难忘……一个姑娘去拜访新近找到的亲戚,一个像男人的老套老处女,"我毫不怀疑,她理想化了这位老堂姐,她很压抑,极少说好话,却让这位姑娘大大着迷,她平常见到的人喜欢飞长流短,喋喋不休,可以一下子就和你套近乎,亲密得很,转眼又会把你忘得一干二净"。故事就是这样——我读后,却有一种感觉拂过心头,有了一个小小的——很小很小的——题材,差不多是这样。我想我看见它了——肯定是看见了——那是一个小伙子——一个小伙子要去探望一个单身老堂姐,第一次……

---

① 萨拉·奥恩·朱厄特(Sarah Orne Jewett,1849—1909),美国作家。

接下来，詹姆斯用一段话详细地、热情地勾画出一个故事的轮廓（标题将是《闪光之桥》，重印时改为《这种更好》）。如果没有萨拉·奥恩·朱厄特的《时代基调》给詹姆斯以灵感，他不会去构想，更不会去创作出这个短篇。亨利·詹姆斯杰出的创作笔记由他的传记作者利昂·埃德尔和莱尔·H.鲍尔斯编辑成一个单行本，很受推崇，是年轻作家的重要读物。这是一个天才作家自己收集的随记，里面充满了创作的萌芽、启示和惊奇，比弗吉尼亚·伍尔夫的日记还要详细得多，似乎他着迷于此。

> 感谢上帝，我让自己的脑袋充满幻想，这种幻想从来不嫌多——从来不嫌够。噢，放飞自己吧——最终：让自己服从在所有漫长的日子里我们一直希望的和等待的（我想这非常冒险）——仅仅是潜在的和相关的，物质性行为中数量的增加——运用和生产的物质性行为。我们祈祷、期待和等待，一句话，为的是能够多工作。现在，接近尾声，它在其界限内似乎已经来了。我想要的都有了，此外再无他求。我向命运深鞠一躬，谦恭地，感激地。
>
> （1895 年 2 月 14 日）

一个作家从前人那里获得的灵感通常是偶然的，就像我们在生活中获得灵感一样。人们在不经意中邂逅，便成了我们命运不可或缺的一部分。我们相遇——我们"坠入爱河"——我们被改变。(哪怕不是永恒的,也是难以忘怀的。)显然,一个作家年轻时最易受影响,青春是一片沃土,也是一个动荡期,充满五光十色的梦想和梦一般的幻觉,这时,前辈的榜样赫然立于我们面前,仿佛为我们指出前进的道路。诗人西尔维娅·普拉斯这个完美主义者年轻时已是雄心勃勃,她把像萨拉·蒂斯黛尔①这样著名诗人的作品用打字机打出来,在日记(1946)里哀叹道:"要是能写出这样的东西,我愿意付出一切!"普拉斯二十多岁时非常坚定地要成为一个畅销的短篇小说家,她冷静地剖析爱尔兰作家弗兰克·奥康纳的短篇小说:"我要一直模仿他,直到我觉得他所教的一切可以运用自如。"(转引自泰德·休斯,西尔维娅·普拉斯的《约翰尼·派尼克与梦经》序言,1979)普拉斯学习的榜样从华莱士·斯蒂文斯到詹姆斯·瑟伯②,彼此迥异。她分析发表在《青春少女》《纽约客》和《妇女居家杂志》上的短篇小说。她的日记里满是自我告诫和自我打气,读起来简直让人喘不过气来:

  首先,选择你的销售市场:《妇女居家杂志》还是《发现》?《青春少女》还是《小姐》?然后选择一个题目,然后思考。

---

① 萨拉·蒂斯黛尔(Sara Teasdale, 1884—1933),美国女诗人,她的第三部诗集《条条河水流向大海》(*Rivers to the Sea*, 1915)成为畅销书并获得第一届美国普利策奖。1933年服用安眠药自杀。
② 詹姆斯·瑟伯(James Thurber, 1894—1961),美国作家和漫画家,作品广受喜爱,代表作为《当代寓言集》(*Fables for Our Time*, 1940)和《当代寓言续集》(*Further Fables for Our Time*, 1956),被称作"在墓地里吹口哨的人"。

投稿到《星期六晚邮》：一开始就高要求。尝试投稿《麦考妇女杂志》《妇女居家杂志》《好管家》……只要不气馁。

我想在《纽约客》上发表诗歌，在《家庭妇女期刊》上发表短篇小说，所以我必须像研究《青春少女》那样研究这些杂志。

我要拼命干，拼命干，直到在这些杂志上闯出一片天地来。

（引自杰奎琳·罗斯，《魂牵梦绕的
西尔维娅·普拉斯》，第170页）

约翰·厄普代克的《自我意识》虽然不像普拉斯的自传那样执着，但同样坦率。他谈到在乡村度过的童年时代，那时，他"并不喜欢写作，而是喜欢印刷，喜欢笔直的字行和衬线，喜欢机器抛光和对机器的超越"。他谈到早年敬佩的作品五花八门，有艾略特的《荒原》、福克纳的《修女安魂曲》、詹姆斯·乔伊斯、马塞尔·普鲁斯特和亨利·格林的小说。（在厄普代克那镶嵌式花纹一般的风格中，隐约可见乔伊斯、普鲁斯特和格林的影子，还有弗拉基米尔·纳博科夫，那是他后来发现的。）不过，在厄普代克最负盛名的《大西洋和太平洋商场》这篇入选集子最多、魅力无可抵挡的短篇小说里，美国本土的口语——马克·吐温、舍伍德·安德森（《我想知道为什么》）、

J. D. 塞林格（《麦田里的守望者》）可为先行者——非常适宜表达厄普代克式的阶层与性的吸引力。

约翰·加德纳①也是年轻时就满怀雄心壮志，他谈到用打字机把可作为榜样的小说作品打出来，以便"感受"其散文语言的节奏。加德纳特别敬佩托尔斯泰，托氏的道德说教的口吻在他的小说中不乏共鸣。D. H. 劳伦斯在《论美国文学名著》中讨论了他钦佩的许多小说作品（坡的《莉姬娅》和《厄舍府的倒塌》、霍桑的《红字》、麦尔维尔的《白鲸》），对一些段落的评论非常详细，似乎是他和他们一起写出来的。劳伦斯的评论尤其充满共鸣，出奇的亲密，他热情地讨论像霍桑笔下的海丝特·白兰这些虚构的人物，仿佛他们不是语言塑造出来的，而是真实存在一般：

> 除非男人真正相信自己，相信他的神，除非他坚定不移地服从自己的圣灵，否则，他的女人会毁了他。男人要是对此有所怀疑，女人就是他的复仇女神，她也身不由己。
>
> 女人成了男人的复仇女神，先有莉姬娅，后有海丝特。在外人看来，她支持他，从心里看，她毁灭他。他怀着对她的恨死去，就像丁梅斯代尔一样……
>
> 对男人而言，女人是一种奇怪而非常可怕的现象。当女人潜意识的灵魂退离与男人的创造性结合时，它就成

---

① 约翰·加德纳（John Gardner，1933—1982），美国现代派作家和文学评论家，是美国著名作家雷蒙德·卡佛的老师，代表作为《格伦德尔》（*Grendel*，1971）。

了一股毁灭之力。它散发出……一股无形的影响力。女人[像莉姬娅]推出一波波无声的巨浪，摧毁男人那摇摇欲坠的精神支柱……她对此并不自知，她甚至无法控制，但她做了，魔鬼在她心中……

女人可以把性作为纯粹的恶力和毒药，同时又表现得温顺谦恭，乖巧无比。

（《纳撒尼尔·霍桑和〈红字〉》）

人们如读过劳伦斯那些同样激情满怀的小说，会在这样的表述中认出他的叙事声音，文本"分析"变成了极端的认同和移情，因为劳伦斯这位道德家不相信艺术是纯审美的或自我表现的，更不是娱乐性的，而是传达真理的主要渠道：

艺术言语是唯一真理。一个艺术家通常是受到诅咒的说谎者，可他的艺术如果真是艺术的话，将传达他那个时代的真理，这才是最重要的。永恒的真理滚开，真理是一天一天传下来的……

作家开始时通常——或过去常常——定下一个道德主题，才开始润色故事。不过，故事通常会朝另一个方向发展，这样就有了两个明显冲突的道德主题，一个是作家的，一个是故事的。绝不要相信作家，要相信故事。批评家要正确履职，就要把故事从创造它的作家手里拯救出来。

（《地方的灵魂》，导言）

1917年到1918年是D. H.劳伦斯写《论美国文学名著》的时期,当时他正在创作生平最为复杂、最雄心勃勃的长篇小说《恋爱中的女人》,那时的他固执己见,颇有争议,到了我们今天这个时代,他的形象依然如此。

F. 斯科特·菲茨杰拉德年轻时是一个博采众长的热切读者。他的《人间天堂》(1920)使他一夜成名,也臭名昭著,当时他年仅二十四岁,比杰克·凯鲁亚克成名还早。对他产生影响的作家形形色色,有约瑟夫·康拉德、西奥多·德莱塞、T. S. 艾略特、詹姆斯·乔伊斯、安德烈·马尔罗①、欧内斯特·海明威、布斯·塔金顿②、托马斯·沃尔夫③——还有吉尔伯特和沙利文。他数次写信给正在瓦瑟学院读大一的女儿斯科蒂,严词要求她阅读丹尼尔·笛福的《摩尔·弗兰德斯》、狄更斯的《荒凉山庄》、陀思妥耶夫斯基的《卡尔马佐夫兄弟》、亨利·詹姆斯的《黛茜·米勒》、约瑟夫·康拉德的《吉姆老爷》和德莱塞的《嘉莉妹妹》——这些文学文化名著都是菲茨杰拉德希望仿效并超越的。

在过去几十年中,被模仿得最多的短篇小说家之一是雷蒙德·卡佛。他承认在小说形式上,他受益于契诃夫、伊萨

---

① 安德烈·马尔罗(André Malraux, 1901—1976),法国小说家、评论家、社会活动家。
② 布斯·塔金顿(Booth Tarkington, 1869—1946),美国著名作家。两获普利策奖,代表作有小说《富贵的安伯森一家》(*The Magnificent Ambersons*)、"彭罗德系列"等,并为好莱坞写了不少剧本。
③ 托马斯·沃尔夫(Thomas Clayton Wolfe, 1900—1938),美国作家。代表作有长篇小说《天使,望故乡》(*Look Homeward, Angel*, 1929),作品充满对美国南方的复杂情感和历史意识。

克·巴别尔、弗兰克·奥康纳、V. S. 普里切特① 和欧内斯特·海明威这些前辈。他在《火：杂文、诗歌和小说》的导言中提到，他在书桌旁的墙上贴着契诃夫一篇故事里的一句话："……突然，他把一切都看得清清楚楚。"卡佛说，劳伦斯·达雷尔和亨利·米勒是他钦佩的作家，不过他们对他的创作风格没有明显的影响，契诃夫对他的影响也不是那么明显，倒是卡佛那剥皮斩枝的极简主义风格，强调戏剧性对话，这些明显受到海明威的影响。不过，他后期的作品充满了契诃夫式的精神，如《大教堂》温和的滑稽以及微妙的移情来自一个明眼人对一个盲人的认同："到此为止，这在我生活中是独一无二的。"（和 D. H. 劳伦斯的短篇小说《盲人》类似，《盲人》的温和与激情在这个故事里显露无遗。）卡佛公开发表的最后一个短篇作品《差事》是他文学生涯中最不同寻常的小说。它实际上讲的是契诃夫生命最后的日子和他的死亡，以及他死后发生的一件事。小说素材其实源于契诃夫的传记，不过叙事口吻急切，行文是经过提炼的诗意化，和卡佛惯常的口语风格不一样，仿佛雷蒙德·卡佛知道自己会在五十岁这样的年纪就走向死亡（因为肺癌）。他的主人公契诃夫四十四岁便死于肺结核，他要为这篇关于早逝的故事专门打造一种新的声音。在《大教堂》《有益的小事》《羽毛》和《差事》这些杰出的短篇小说里，卡佛的艺术水准达到顶峰。他在富兰克林图书馆出版的限定版《我打电话的地方》的前言中给这样的艺术性下了定义：

---

① V. S. 普里切特（Sir Victor Sawdon Pritchett, 1900—1997），英国作家和文学评论家，尤以短篇小说著名。

努力写出"河之流水那样的微妙,因为我的生活几乎无微妙可言"。

小说家和编剧约翰·塞尔斯向纳尔逊·艾格林①表示敬意,他说:"影响你的人不一定是你写作时要仿效的,而是他们的生活、他们的性格、他们的精神在你心中展示了一种可能性。"纳尔逊·艾格林对罗素·班克斯②影响很大,也是因为其个性的力量。辛西娅·奥兹克③早年对亨利·詹姆斯的风格无比着迷,几乎无法自拔。奥兹克是个原创性强到离奇的文体家,她承认彼此大相径庭的前辈对她产生了可以称之为道德的或精神的影响,这些前辈有安东尼·特罗洛普、伊萨克·巴别尔、伊迪丝·沃顿和弗吉尼亚·伍尔夫、艾萨克·巴什维斯·辛格、索尔·贝娄、布鲁诺·舒尔茨④和普里莫·莱维,还有她那个几乎被忘却的同时代作家阿尔弗雷德·切斯特。年轻时的玛克辛·库明着迷于W. H. 奥登,尼古拉斯·克里斯托弗着迷于陀思妥耶夫斯基和约翰·邓恩。看似不太可能成为榜样的也许可称之为一种简略的标杆,显示的是一种准则:莫琳·霍华德赞扬薇拉·凯

---

① 纳尔逊·艾格林(Nelson Algren, 1909—1981),美国小说家。1950年,他的自然主义小说《金臂人》(*The Man with the Golden Arm*, 1949)获首届美国国家图书奖的小说奖。
② 罗素·班克斯(Russell Banks, 1940—),美国小说家和诗人,美国艺术暨文学学会会员,担任过国际写作家议会(the International Parliament of Writers)主席。
③ 辛西娅·奥兹克(Cynthia Ozick, 1928—),美国犹太女作家,以短篇小说见长,她的短篇小说多次斩获各种文学奖项。
④ 布鲁诺·舒尔茨(Bruno Schulz, 1892—1942),波兰籍犹太作家,死于纳粹枪杀。生前默默无闻,死后文学声誉日隆,被誉为与卡夫卡比肩的天才作家。他还是一位卓越的画家,在欧洲超现实主义美术和电影领域里有着重要影响。

瑟①，可后者的小说和她自己的大相径庭；实验小说家布拉德福德·莫罗称颂拉尔夫·沃尔多·爱默生，可爱默生并不写小说；实验性的/极简主义的黑山派诗人罗伯特·克里利称颂新英格兰诗人埃德温·阿林顿·罗宾逊，罗宾逊的名作有《米尼弗·契维》《理查德·科里》和《弗洛德先生的酒会》。

在我们看来，更符合逻辑的是斯蒂芬·金，这位哪怕不是世界文学史也是美国文学史上最畅销的作家之一承认自己直接受教于H. P. 洛夫克拉夫特②的哥特恐怖/"怪诞"小说。洛夫克拉夫特一辈子努力在通俗杂志上发表作品，到死也没看到自己的短篇故事结集出版精装本，去世时几乎是一贫如洗。后现代哥特作家乔安娜·斯科特承认坡是对自己深有影响的前辈。另一个后现代作家保罗·韦斯特承认福克纳具有诱惑性的铺张风格是一种"喧哗与骚动"，影响了自己；里克·穆迪③受到约翰·契弗所描写的郊区生活百态和"间接性"手法的影响；莫娜·辛普森④受到亨利·詹姆斯那孤独的英雄主义的影响；昆西·特鲁普受到拉尔夫·艾里森的独创性及其"令人吃惊的美

---

① 薇拉·凯瑟（Willa Cather, 1873—1947），美国小说家，着力表现"拓荒时代"的典型人物，代表作有《啊，拓荒者!》(*O Pioneers!*, 1913)、《我的安东妮亚》(*My Antonia*, 1918)等。
② 霍华德·菲利普·洛夫克拉夫特（Howard Phillips Lovecraft, 1890—1937），美国恐怖、科幻与奇幻小说作家，尤以怪奇小说著称。他最著名的作品是后来被称为"克苏鲁神话"（Cthulhu Mythos）的系列小说。
③ 里克·穆迪（Rick Moody, 1961— ），美国小说家。《冰雪暴》(*The ice Storm*, 1994)成就了他的文学声誉。1999年被《纽约客》杂志称为"年龄在四十岁以下最具才华的二十位美国作家之一"。
④ 莫娜·辛普森（Mona Simpson, 1957— ），美国作家，苹果公司的创办人史蒂夫·乔布斯的妹妹。

国式语言"的影响。彼得·斯陶伯属于那一小部分人，他们既是文学家，又是体裁作家，他承认自己钦佩雷蒙德·钱德勒①，不过钱德勒是"硬汉推理/侦探"这一流派的开创者，而斯陶伯则是"哥特式恐怖"小说的实验主义者。（关于这些认可和其他的内容，见《致敬：美国作家论美国作家》，"继承书系"29号。）可以说，所有这些致敬都来自作家年轻时的印象式阅读。

以上的概述能得出什么道理，得出什么一般性的建议呢？如果有，很简单：博览群书，满怀激情地阅读，听从本能，不刻意设计。你读书时，不必成为作家，可如果你想成为作家，就必须读书。

II.

这就是真正的艺术的使命——让我们停下来，再看上一眼。

——奥斯卡·王尔德

对小说家而言，阅读小说是一种戏剧性的体验，紧张、刺激、不安、难以预测。为什么起这个题目？为什么开篇是这个场景、这个段落、这句话？为什么用这样的语言？为什么是这样的节奏？为什么是这样的细节，或没有细节？为什么是这样的篇幅、这样的结尾——为什么？同是作家，我们知道我们不

---

① 雷蒙德·钱德勒（Raymond Thornton Chandler, 1888—1959），美国推理小说作家，被西方文坛称为"犯罪小说的桂冠诗人"，对现代推理小说有深远的影响。

只是在读语词，不只在读一个"产品"；我们很清楚，我们在读另一个作家努力工作的成果，这是他或她想象的和编辑出来的最后的、全部的总和，这有可能是复杂的。我们知道，普通读者和不是作家的读者也许不屑去了解，但我们知道，尽管人们觉得灵感是天赐的、浪漫的，但作品可不会自己写出来。不管灵感本身是什么，摆在我们面前的作品，无论是契诃夫的《带狗的女人》或欧内斯特·海明威的《白象似的群山》这样的经典之作，还是辛西娅·奥兹克的《披肩》或安德鲁·德布斯的《父亲的故事》这样美国的当代佳作，都是有意识的写作，有时是非常劳心费力的创作。一部作品是从纯属个人的想象中解脱出来，挖掘出来，然后印在纸上，走进公众视野。它那内在的、秘密的情感以及和作家的关联现在已经毫无意义，它成了独立自主的产物，在某种意义上，它是一辆语词小车，载着我们穿过时间，或有时做不到。为什么要写这个故事？这个故事是否有足够的意义，首先值得为把它写出来而付出的努力，其次值得读者的参与？它具有原创性吗？它有说服力吗？它的语言恰如其分吗？我读了这个故事后，是不是和从前有点儿不一样了？我会力促别人去读这个故事吗？我自己会不会重读，并去读这个作家的其他作品？最重要的是，我——作为一个作家——从这个故事里学到了什么？

　　亨利·詹姆斯说到，从理论上讲，在艺术家身上，什么都不会失去。对小说家尤其如此，他或她必须往自己想象的世界里放入"真正的"人物，而这些人物生活的这个世界也必须给人以"真实感"。一个作家在智力上、道德上、精神上和情感上是什么样,将贯穿整个作品,有如乌云密布的日子,阳光隐去,光芒出现,照亮万物,赋予它们一样的光亮。不过,我们可以改变自己的个性,深化自己的灵魂,当然,通过写作训练,我们可以变得更成熟,更敏感,观察力更敏锐,有如摄影师通过镜头"看"得更清晰,我们可以影响这种变化的方式之一就是掌握作为一种艺术的写作。在安妮·迪拉德的《写作生活》中有一段富于启发意义的对话:

> 一个大学生向一个知名作家提了一个难题:"您觉得我能成为一个作家吗?"
> "呃,"作家说,"我不知道……你喜欢句子吗?"
> 作家看得出这大学生一脸惊愕。句子?我喜欢句子吗?我都二十岁了,我喜欢句子吗?如果他喜欢句子,当然,他可以像我认识的一名快乐的画家那样开始写作。我问他是怎么成为一名画家的。他说:"我喜欢颜料的气味。"

《带狗的女人》:
契诃夫的艺术杰作

> ……在秘密的掩盖下,在夜幕的掩盖下,每个人都有着他真实的、很有意思的生活。
> ——安东·契诃夫,《带狗的女人》

这篇小说创作于1899年,当时契诃夫三十九岁,创作力正值巅峰,同时也是他喜欢沉思、颇为忧愁的一段时期。《带狗的女人》是他最负盛名的短篇小说，有可能就是作家自己对"秘密"和"夜幕的掩盖"的回忆，因而获得灵感而写成的。它那微妙的哀歌基调由乱伦之爱的激情强有力地演化而来，自然是契诃夫思索自己不断衰退的健康的一个产物。（他的肺结核不断恶化，当时只有四年可活。）安东·契诃夫在生活中感到疏离，他对自己感到不满，而故事里久经世故、愤世嫉俗的古罗夫就是对这样的契诃夫一个灵巧而简略的描绘——与男人相处时，他感到"人情冷漠，缺少交流"——一旦和女性相处，他就复活了。早衰的古罗夫和安娜·谢尔盖耶夫娜相处时，充满激情地复活了。安娜的年纪只有他一半大，是个乡下人，受教育有限，生活经验有限：

> 她为什么这么爱他？在女人眼里，他似乎是另外一个人，她们爱他，不是爱他这个人，而是爱她们想象的那个人，是她们穷其一生迫切追求的那种人。之后，她们发现自己犯了错，但依然爱他，可没有一个人和他在一起是幸福的……现在，他满头灰发，倒是真真切切地恋爱了——生平第一次。

（英译本，康斯坦斯·加内特译，1917）

了解契诃夫的个人生活对理解这篇作品没有什么实质性的帮助，但知道他在写这篇小说时借用了不少自己的生活片断还是有启发意义的。我们对自己生活经历的理解，甚至包括我们对自己矛盾的看法，和其他题材一样，是任何小说的合法素材。

首先是作品名。契诃夫作品的题目通常是直截了当,毫不做作,绝少"诗意化"或说教意味,却有着重要的象征意义或神话意蕴。(如他最伟大的戏剧《三姐妹》和《樱桃园》,这些作品名既有字面意思,又有神话意味:"三姐妹"暗示命运三女神,"樱桃园"暗示伊甸园。)《带狗的女人》这个题目——经常译为《带宠物狗的女人》——显然既有字面意思,也是描述性的。它将淑女/女人/女性和"男性"并置,暗示了一种讽刺:安娜·谢尔盖耶夫娜充满少女情怀,无比娇柔,满怀虔诚,深深地爱上古罗夫,毫无保留,只是她认为自己是个通奸者,一个"低俗的坏女人",相反,更世故、更厌倦生活的古罗夫是"狗"。不过,契诃夫暗示这个女人注定要爱上这"狗",而这"狗"也注定要爱上这个女人。这种苦乐交加、没有着落的命运就是典型的契诃夫式命运观。

年轻作家读《带狗的女人》,容易错过它非凡的从容,因为契诃夫不是詹姆斯·乔伊斯、马塞尔·普鲁斯特、弗拉基米尔·纳博科夫那一类刻意关注文体风格的作家,他的作品清澈而透明,极少装饰。1900年,契诃夫的朋友和同时代作家马克西姆·高尔基激动地写信给他,说契诃夫正在"杀死"现实主义,因为在契诃夫之后,"在这条路上没有人能比您走得更远,没有人能像您那样把简单的事情写得如此简单,在您的故事……之后,其他的一切都显得如此不入流"(引自《契诃夫》,亨利·特罗亚著,第239页)。不过,说契诃夫"简单"是不妥的——除非经典的优雅就是一种简单。艺术的最高境界是把"艺术"完全隐藏起来。契诃夫的语言清楚、直白,甚至口语化,鲜有修饰或"诗意化",少用隐喻,遣词造句极为精确。例如,古罗夫开始爱上安娜,他把她和过去和他有过关系的另外两个女人进行比较,包括

> 非常漂亮但冷漠的女人,在她们的脸上,他看到一丝贪婪之色——控制不住的欲望,想要从生活中攫取生活所不能给予的东西……后来古罗夫对她们冷淡了,她们的美貌只会激起他的厌恶,她们华服上的饰带在他眼里仿佛一块块鳞片。

"仿佛一块块鳞片"——因为这些冷漠的、贪婪的女人像蛇。相反,不谙世事的安娜被刻画成"旧时画像中的'女罪人'"。古罗夫既爱他想象中的安娜,也爱安娜本人,他爱的是自己逝去的青春,对更有道德感、更深沉的"旧传统"不乏怀旧之情。

契诃夫的小说或戏剧一个明显的特征是表面的口语化。这一"声音"总是那么睿智,有时是古怪的、幽默的、讽刺的,有时会洋溢着哲学和分析意味,就像《带狗的女人》。我们还未认识古罗夫,他的思与想已经弥漫整个故事。开篇第一句显然是客观的全知视角:

> 据说,滨海那一带有一个新来的:一个带小狗的女人。

"据说"是"很久以前"的现代说法。我们立刻被引入实际上是古罗夫的介绍,"一个浅色头发的年轻女士,中等身材,戴

一顶贝雷帽,一条白色的波米拉尼亚小狗跟在她身后跑着"。如此优雅的、摄影式的开头把我们带进古罗夫机敏的头脑中,爱情"苦涩"的经历没有打击他对女人的爱。在几段专门介绍古罗夫中产阶级的背景和个性之后,我们走进他和他刻意交往的那个年轻女子的第一个戏剧性场景。第一部分的内容巧妙地压缩至只有三页。第二部分七页多一点,情节快速推进,核心的戏剧性场面是古罗夫面对安娜的悔恨,他感到不安。这对情人分手了,他们相信爱已经走到了尽头。"我该去北方了,"古罗夫心想,"早就该了!"

两个主人公都认为这个婚外情的故事已经收场了,其实没有。就像契诃夫其他的作品,看似随意的故事却有着严肃的、绵延的效应。古罗夫意识到自己爱上了安娜,他一向深思熟虑,这时却不管不顾,跑到安娜住的小镇,没打招呼就在一部歌剧开演的晚上和她迎面相遇。这一震撼人心的场面同样有电影效果:契诃夫描写歌剧院的华丽和喧闹,与两个情人正在经历的极为私密的情感形成反讽性对比。剧院场景之后是第四部分,这是四页半的尾声,跨越两个情人生命的多年时光,他们仍不时地秘密约会。(他们各自的家庭生活怎么样?安娜的孩子怎么样?都没说,只突出他们的风流韵事,仿佛这是一出只有两个角色的戏剧。)极少有严肃的作家愿意尝试去写这样的爱情故事,这种故事现实得要命,又难以绕开矫情和造作,可契诃夫的艺术将《带狗的女人》上升到悲剧的境界。他的《三姐妹》讲的是理想受挫这种陈词滥调的主题,但结尾的不确定性同样有悲剧意味。故事告诉我们,古罗夫和安娜如同"温柔的朋友"

那样彼此相爱,可他们太过苦恼,甚至渴望"摆脱这种难以忍受的桎梏"。然而,对他们而言,幸福正是在于没有明显的办法使他们摆脱困境:

> 似乎再过一小会儿,解决办法就找到了,然后就可以开始美妙的新生活。他们两个人清楚地知道,前面的路还很长、很长,最复杂、最困难的一段才刚刚开始。

从深度和宽度来看,《带狗的女人》和契诃夫很多的短篇故事一样,足以写成中篇。大多数短篇小说聚焦于一小段时间或包含一个戏剧性片断,而这个故事让两个情人经历了数十年的生活,将他们置于猜测性的未来。从头至尾,契诃夫精心设计背景以突显戏剧性:首先,我们身处雅尔塔悠闲的夏日度假地,然后来到冬日的莫斯科,在这里,古罗夫奔放的激情被一个同伴对食物庸俗的评价挫败了("今天晚上您说得对:这鲟鱼有点臭味了!")——这可能是对性爱的讽刺。然后我们来到歌剧院,最后来到莫斯科的斯拉维扬斯基商场酒店的一个房间里,对这对满怀激情的情人来说,这是个不带情感的背景。可以说,这个故事秘而不宣的核心就是外向的公共生活与这种极为个体的、秘密的生活形成反照。如文前的题词,如古罗夫所想的,大多数男人在"秘密的掩盖下和夜晚的掩盖下"过着真正的生活:

> 所有的个人生活都有赖于秘密,可能就是因为这一点,文明人才如此迫切、如此焦虑地渴望个人隐私得到尊重。

这个故事的主题就像一个卷线轴，叙事或情节之线娴熟地绕着它转。没有这个卷线轴，线就会飞散。没有这个核心主题的地心力，这对"有缘无分的"情人的故事只会沦为多愁善感，毫无新意。

一般而言，高质量的小说是有深度的，因为它有着吸引人的叙事和值得称赞的人物塑造，同时又是对自己的一种评注。对契诃夫，和对其他著名作家一样，"小说"和"评注"相互对应，有着微妙的平衡。评注可以从小说中脱离出来，如雷蒙德·卡佛从契诃夫的作品中选了一句简洁的题词，钉在墙上："……突然，他把一切都看得清清楚楚。"不过，小说却不能脱离评注，除非我们冒险把它降格为缺少精神核心的事件串联。

《白象似的群山》：
重压下优雅地写作

> 我在普吕尼耶碰到一个姑娘……我知道她堕过一次胎。我走过去和她聊天，没有谈堕胎，不过在回家的路上我想出这个故事，没吃午饭，整个下午都在写（《白象似的群山》）。
>
> ——欧内斯特·海明威
> 《巴黎评论》访谈

不吃午饭，写出一篇四页的杰作，一个下午用得如此高效。（据传记作家肯尼思·S.林恩说，1927年，海明威实际上是在度蜜月时花了几天时间修订早先的草稿。那个故事的背景是西班牙北部的埃布罗河河谷，后演变为《白象似的群山》，不过海明威自己的说法倒是成了一则精彩的逸闻。）

欧内斯特·海明威经常赞赏"重压下的优雅"，视之为生活中和文学中人物的理想个性。他的这类人物体现的是由坚强意志打造的男性力量，用它来谈论小说艺术也很贴切：优雅可以指叙事是流动的、流畅的、"无可回避的"，重压意味着需要高度提炼小说艺术，尽可能体现其精髓。《白象似的群山》是一个单一场面的故事，一出非常简短的独幕剧。在戏剧性文学中，场景越是紧张，便越具有情感效果。如果场景拖延或重复，观众能够预测剧情，注意力便会分散，可如果场景太短暂，没有充分展开，观众的体验便显单薄、不足、粗略而容易忘记。作家的目标是将他或她的素材充分艺术化：去找到叙事的流动性与作为背景的说明、描写和详述之间理想的平衡。

在《白象似的群山》和类似的《一个很短的故事》这样杰出的小小说中，海明威的目标是带领我们轻快而准确地从A点转移到B点。在《白象似的群山》中，只有两个人物，"一个美国人，还有和他在一起的女孩"（当代作家很可能称之为"女人"，因为她似乎已经超过十八岁）。我们不知道这些人物的姓名，因为他们的存在纯粹是为了把我们吸引到这一场景片断中，"他"和"她"对一件没有言明的"事情"的态度截然相反。故事不打算让我们超越火车站酒吧去想象两个人物更远的生活。《白象似的群山》尽管很短，但结尾惊人，充满戏剧性，形式和内容达到了完美的绝配，和威廉·巴特勒·叶芝令人目眩的十四行诗有异曲同工之妙。

年轻作家如果把《白象似的群山》和更复杂、笔触更宽松的《带狗的女人》进行比较，和海明威其他情节发展更充分的经典短篇，比如《乞力马扎罗山的雪》和《弗朗西斯·麦康伯短暂的幸福生活》这样在结构上类似紧凑的中篇小说的作品进行比较，将会大有裨益。我们可以想象《白象似的群山》另一个更丰满的版本，那是海明威在更成熟、爱思索的人生阶段（海明威写《白象似的群山》时才二十八岁）。在这个版本里，年轻女人和她那个不懂事的同伴过去的关系在主题上与现在的情境有关联，这些人物会有名字，有历史，有个性，他们的生活经历和我们自己的融合。长一点的小说更能激发读者的情感，而简短的小说，其优势就是简洁、犀利、决断：出人意料又富有启示。

注意，《白象似的群山》像《带狗的女人》一样，开篇第一段描写准确，可称之为电影里"确定性"快镜头。

> 埃布罗河河谷对面长长的山脉是白色的。这一边，没有遮阴，没有树木，阳光下，车站夹在两条铁轨的中间。

这里下意识地暗示，有一种浪漫就在远处，在河谷那边；"这一边"没有树荫，"热得很"，旅客们最关心的是"有什么喝的"，这种暗示多么微妙。

在这里，一个女人——一个"女孩"——成了梦想中的真理的化身，这在海明威的作品里极为少见，在这里却很有说服力，因为她可能怀着一个孩子，而这个孩子的父亲却想把他或她打掉。在两个人中,她是能看出诗意的隐喻的那一个:她看到远处的群山像白象,而她的同伴只干巴巴地说"我从没见过白象",然后自顾自地喝他的啤酒。这个姑娘肯定也没见过白象,她嘲讽地回答:"是的,你当然没见过。"在这一简短的对话中,两人的个性形成鲜明对比,他们的不和谐已经显现。当两人讨论那个一直没有明说的"特别简单的手术"即流产的可能性时,故事达到了情感压抑的顶点。姑娘眺望河谷那边,灵感涌来,而她的同伴只关心自己的利益,老想打断她:

"我们本可以拥有这一切,"她说,"我们本可以拥有一切,可每一天我们都在让这一切变得更不可能。"

"你说什么?"

"我说我们本可以拥有一切。"

"我们可以拥有一切。"

"不,我们不能。"

"我们可以拥有整个世界。"

"不,我们不能。"

"我们哪儿都可以去。"

"不,我们不能。那不再是我们的了。"

"是我们的。"

"不,不是。一旦他们把它拿走,你就再也要不回来了。"

(这个神秘的"他们"可以把这个世界从我们身边拿走,是谁？海明威在别处提出，一种冷漠的、不受神操控的命运将伏击那些违反未明说的道德规范的人。)

读者从这段对话可以推想，这个男人和这个姑娘就这个问题已经争论了一段时间，但无果而终，这个姑娘很可能会让步（"那我就去做，因为我不在乎我自己"），而他们称之为爱的关系将挺不过这次流产带来的压力和情感影响。海明威似乎在暗示，如果我们"破坏"自然法则和性繁殖的自然法则，如果我们只为自己而活，就像二十世纪二十年代这些生活在"一战"后的精神萎靡中、与他人隔阂的美国旅行者，就会招致惩罚。海明威反感传统的宗教和道德观，这是众所周知的，但在这个故事里，他却暗示"违背"自然和性繁殖的自然法则就会受到惩罚，这有些奇怪。这个故事除了它强有力的主题，值得注意的当然还有海明威那高度风格化的、打磨得无比精致的语言。在几十年前海明威那个时代，这种直率的、直接的语言，这种记录下"人们的真实谈话"（即便他们真正谈话不是这样的，不是这么有艺术性的）的行文对人们思想的冲击有如一场革命。海明威的理想主义照亮了他塑造的这些有缺陷的、常常是受伤的人物，对我们所有人都是一种挑战和引导：

> 从已经发生的事情，从所有你知道的事情和所有你无法知道的事情，你通过虚构创造出一种事物，它不是一种呈现，而是全新的事物，比任何真实的、活生生的事物还要真实。你让自己的创造活了。如果你做得足够好，就能让它变得永恒。这就是你写作的唯一原因，而不是其

他的……

（见《工作中的作家》，《巴黎评论》访谈，
乔治·普林顿编，1963）

  本文选择这些短篇小说来讨论，是因为它们大多代表了这样一类作品：超越了自己的时代和它们初次发表时的环境。对个人而言，对彼此大不相同的作家而言，它们提出了解决小说审美形式问题的方案。我必须说是作家的第一个想法，第二个想法就是我怎么说。从我们的阅读中，我们发现解决问题的方案真是八仙过海，各显神通，深深烙上作家个性的烙印，也正是在个人想象和创立群体的、公共的想象二者的结合点上，艺术和技巧合而为一。

自我评判的神秘艺术

自我评判就像自己操刀给自己做脑外科手术，这也许不是个好主意。"自我"能够客观地看待"自我"吗？自我评判那一刻的严厉和后悔有可能让一辈子的艺术创作备受质疑，结果可能是残酷的：英语历史上第一个伟大的诗人乔叟不仅因此怀疑他日后非凡作品的价值，而且他的基督教情结使他视《坎特伯雷故事集》为世俗之罪的创造物而极力谴责。几个世纪后，耶稣会会士杰拉德·曼利·霍普金斯① 受到的精神折磨越来越大，终于相信他那些充满感官体验、节奏感特别出色的诗歌违背了自己的宗教誓言。弗朗茨·卡夫卡对自己的批判一向严厉，后来逐步恶化为典型的自我撕裂，有如他作品中那些超凡的意象——受虐狂关于惩罚、肢解和消灭的幻想。卡夫卡要求他的朋友马克斯·布罗德销毁他所有的作品，包括未完成的小说《审判》和《城堡》。（布罗德比卡夫卡自己更了解他，也更大度，他拒绝这样做，这非常明智。）

在文学创作的历史长河中，这类自我评判是多么离奇！尽管我们的意图很好，但作家除了对自己的作品马上进行实在的、

---

① 杰拉德·曼利·霍普金斯（Gerard Manley Hopkins, 1844—1889），英国诗歌史上具有特别研究价值的诗人。他的诗歌大体可以分为自然诗、劝谕诗、宗教诗和内省诗四类，其中宗教诗和内省诗成就更大。

技术上的修订以外,要想和自己的作品保持距离,那注定是不可能的,更不要提他的"毕生之作":知道太多意味着知道太少。换句话说,我们怎能指望对自己的了解胜过对其他一切的了解?

想一想:在人眼的视神经束之外,没有任何光能刺激视网膜,即所有人的视力都会有盲区。可以说,不管我们往哪里看,都会有看不到的地方,既然看不到,甚至不能说这些地方不存在。在观者眼里,这些就是传言中的"微粒",它在记忆中有对应之处,一块块缺失的记忆犹如一片片云朵飘过我们的大脑。我们很少主动地、有意识地去"忘记"什么,大多数时候,我们就是忘记了,并不会意识到已经忘记了。在个体中,这种现象叫"否定";在整个文化和民族中,它通常叫"历史"。

"您知道别人要读我多少年吗?"——契诃夫问他的朋友伊凡·蒲宁。当时,除了托尔斯泰,俄罗斯没有哪个小说家能像契诃夫这样受到高度赞誉。"七年。""为什么是七年?"蒲宁问道。"呃,七年半吧。"托马斯·哈代创作的《苔丝》和《无名的裘德》充满非凡之美和非凡的创造力,可他瞧不起小说创作,仅仅视之为一种职业,是出于挣钱的"冲动",会"暂时"打断他的诗歌创作。阿尔贝·加缪获得诺贝尔文学奖后,自高自大和谦卑谦逊掺杂糅合,令他备受折磨:似乎受到公众颂扬的事业成了私生活的一种诅咒。(在他的《堕落》中,虚构的叙述者谈及受到"可笑的"担心折磨:"一个人必须坦白所有的谎言,才能死去……否则,一旦生活中隐藏着一个不真实,死亡将使它变得明确……这种对真实绝对的谋杀令我感到晕眩……")

乔纳森·斯威夫特告诫说，要在合适的地方放入正确的音节，这是完美主义者的信条。不过，这种信条可能会成为作家的噩梦。永远追求写得漂亮，写得杰出，写得独特，"充满狂喜地"写，这种压力会让人自我贬抑，无法行动。像约瑟夫·康拉德这样的完美主义者因自负和谦卑而陷入绝望，他在创作最雄心勃勃的小说《诺斯特罗莫》时，深感苦恼："我就像在悬崖边上一块十四英寸宽的木板上骑车绕行，稍有踌躇，我就完了。"有一次，康拉德对写作突然爆发出一种憎恨之情，说写作让他变得愚钝，觉得脑袋变成一团糨糊，他相信，对自己而言，写作简直就是把"神经的力量转化"成语言。(《诺斯特罗莫》是不是暗示这样的压力？不幸的是，总的来说是的。)

不过，无法行动这种心理现象在理论上可以发生独创性反转。作家在思考写作的困难时，也在考虑人类的普遍状况：被动无力、优柔寡断和"无能为力"便成了艺术创作的主题，如马拉美①、波德莱尔、T. S. 艾略特、塞缪尔·贝克特。这是意识到生活已经结束，语言不足以表现人类存在这一事实。为什么要继续？可是，我们要继续！贝克特成功地用诗意化的速记法将这种伪悲剧的厌倦戏剧化："虚无的时刻，现在如永远，时间是永不，时间是结束，结尾到了，故事结束。"(《结局》)

对一些作家而言，怀疑自我是自然而然的，而这种自我怀

---

① 马拉美 (Stéphane Mallarmé, 1842—1898)，十九世纪法国象征主义诗人、散文家和文学评论家，与波德莱尔、魏尔伦和兰波并称为法国十九世纪下半叶四大诗人。1896 年，被选为"诗歌王子"。

疑会被批评家的负面评价放大:如果你想确定自己根本就是一无是处,你总能在某个地方找到证据。约翰·厄普代克说过,作家会有这样的感觉,好的评论者不过是慷慨大方,而其他人就是来挑刺的。自 1965 年以来,备受称赞的 J. D. 塞林格为什么在事业如日中天之时停止出版作品,这一直是个未解之谜。显然,他没有停止写作,不过,如果我们想想塞林格最后出版的作品受到怎样的嘲弄和轻视,就可以理解这位作家这样做,是尊严地退入沉默之中。(塞林格的作品在其死后出版时,批评家如饿虎扑食,何等狂热……)

如此,就有了受伤但逞强的架势:"如果评论者喜欢我的东西,我倒是要起疑心了。"戈尔·维达尔① 如是说。

更常见的是,作家对他人如何看待自己的作品,对他们的作品真正是什么样子的,看法通常非常模糊。例如,赫尔曼·麦尔维尔年轻时就出版了畅销的《泰皮》和《欧穆》,他似乎相信自己还写了一部畅销书,这就是静态的、折磨人的、模仿讽刺的《皮埃尔,或含混》(这部小说差不多就是扼杀自我厌恶,和在它之前出版的《白鲸》一样销量惨淡,他却认为这是为女士们奉上的一碗"乡村牛奶")。查尔斯·狄更斯似乎很认真地认为他的《远大前程》是一部喜剧,他吹嘘开头那部分"非常滑稽"和"愚蠢"——而大多数读者却觉得这部分是可怕的、悲剧的。一般人认为斯科特·菲茨杰拉德的《夜色温柔》

---

① 戈尔·维达尔 (Eugene Luther Gore Vidal, 1925—2012),美国小说家、评论家、剧作家。其作品以讽刺幽默见长,最畅销的作品为《迈拉·布雷肯里奇》(*Myra Breckinridge*,1968,1970 年拍为电影)。

是传统之作，可他毫不怀疑这部有缺陷的作品不仅是一部伟大的长篇小说，而且比乔伊斯·詹姆斯的《尤利西斯》实验性要强得多。威廉·福克纳相信他那部僵硬呆板、死气沉沉的《寓言》比那些更早出版、富有原创性的《喧嚣与骚动》《我弥留之际》和《押沙龙，押沙龙！》要更出色。

詹姆斯·乔伊斯相信或希望自己相信，他花费十六年创作的《芬尼根的守灵夜》不是英语中最难懂、最晦涩、最具挑战性的长篇小说之一，而是一部"简单的"小说："如果有谁不明白其中的一段，他只要读出声来就行。"（在他没这么自负的时候，曾经承认过："它也许是一部疯狂的作品，一个世纪后才能有定论。"他的弟弟斯坦尼斯劳斯认为《芬尼根的守灵夜》"说不出的乏味……那是文学在最后灭绝前昏头昏脑的游荡。我要是不认识你，一段都不会去读"。乔伊斯并未反驳。）

没有人比弗吉尼亚·伍尔夫对自己的作品更拿不准，也许是因为她不停地去想，不停地分析这些作品。1936年11月，她在润色《岁月》的校样，这部小说是她文学生涯中最困难的一部作品。她在日记里提到，她"读到第一部分末尾，满心绝望：生硬而令人绝望……太差劲儿了，这倒是件好事，没什么好想的了。我得像拿一只死猫那样把校稿拿给莱，告诉他不要读，直接烧掉。"可伦纳德·伍尔夫说他喜欢这本书，觉得它其实"非常棒"（伦纳德在撒谎，不过没关系：弗吉尼亚不会知道的）。她在日记里提到，也许她把它说得太差了。几天后，她又说，它就是差，"再也不写长的书了"。可过了几天又说："不管我怎么不喜欢《岁月》,也没必要在乎,我觉得它最终还是成功的,不管怎样,这本书简洁,真实,费了不少劲。我刚完成,还是挺高兴的。"后来,她又说,它有可能是一部失败之作——不过好歹还是搞定了。然而,最早的评论却是令人欣喜的,伍尔夫被称为"一流的小说家"和"伟大的抒情诗人"。几乎所有人都说,《岁月》是一部"杰作"。一两天后,弗吉尼亚说:

> 我对自己真是够关注的啊!今天可是满心高兴,得意扬扬,自命不凡。星期五,埃德温·缪尔在《听众》和斯科特·詹姆斯在《生活和文字》上的评论狠狠地打了我的脸,难过得要命。两人都如此怠慢我的作品:缪尔说《岁月》毫无生气,令人失望;詹姆斯实际上也是这个意思。所有的灯光全暗了,我的芦苇垂到了地上。毫无生气,令人失望——这就是对我的惩罚,我觉得它就是味道难闻的布丁——百分百的失败之作。没有生命的作品。……凌晨四点,我被这样的痛苦弄醒,钻心之痛。……可是〔然后〕,痛苦没了,好评论来了,《帝国评论》的四行字,说这是我最好的作品:这有用吗?我看没多大用处,不过,那高兴……却是很真实的。人精神一振,总是有理由的,愉快的,圆满的,斗志旺盛的,更胜于获得称赞。

(真是不可思议,《岁月》在美国登上畅销书榜首,保持了四个月。今天,我们认为这是伍尔夫实验小说中最不成功的一部,说不清的乏味,令人昏昏欲睡——"没有生活气息"——

不像她那些真正的杰作如《到灯塔去》《达洛维夫人》和《海浪》，在这些作品中，生活的气息有如莫奈的画作，以水银的轻巧和微妙向前流淌。)

要说有哪些杰出的作家不得不应对挑战，重写和"改善"自己的早期作品，我们立刻想起 W. H. 奥登①、玛丽安·穆尔②和约翰·克罗·兰塞姆③。青春的活力已然消失，年纪渐大，有时，爱惩罚人的老一辈想纠正错误：修剪，修正，重塑，以符合他们那令人怀疑的人生智慧。诗人乔治·塞菲里斯④特别批评奥登胡乱修改《1939 年 9 月 1 日》这首诗（诗中的名句 "We must love one another or die" 被改为 "We must love one another and die"——在另一个版本中，这一句则被完全删除，还有包含这一诗句的诗节）。他认为这一修改是"不道德的"、"自高自大的"，因为这首诗早已不归奥登个人所有。W. B. 叶芝一辈子都沉浸在修改中——他称之为"塑造我的灵魂"——不过，他的修改几乎总是有理有据的。亨利·詹姆斯也一样。我们所知道的艾米莉·狄金森也是如此。（对似乎毫不费力写出的小小字词，狄金森甚至也会修改无数遍。）D. H. 劳伦斯为自己的《诗集》出

---

① W. H. 奥登（Wystan Hugh Auden，1907—1973），英国近代最为知名的诗人，被公认为艾略特之后最重要的英语诗人，其散文、戏剧和评论的成就也很高。
② 玛丽安·穆尔（Marianne Moore，1887—1972），美国诗人。一般认为，狄金森、穆尔和毕肖普并称美国三大女诗人。
③ 约翰·克罗·兰塞姆（John Crowe Ransom，1888—1974），美国诗人、评论家。
④ 乔治·塞菲里斯（George Seferis，1900—1971），希腊诗人，1963 年获得诺贝尔文学奖。

版而修订早期的作品，修改幅度很大，也许是因为忠实于你的诗歌总是开头万事难。(不过，劳伦斯对自己的作品目光敏锐，他明白"年轻人害怕他的魔鬼，有时会用手捂住魔鬼的嘴，替他说话。于是，我努力让魔鬼说出他想说的，年轻人干预的地方我会删除"。《诗集》注解，1928。)

不加掩饰的自高自大是天真的，这样的例子很多，也许是太多了。美国名作家中最大男子主义的欧内斯特·海明威吹嘘，在假想的拳击/写作比赛中，他打败了屠格涅夫和莫泊桑，和司汤达打了两次平手——"在最后一次平局中，我觉得我稍占优势"。约翰·奥哈拉①和短篇小说大师托马斯·曼、威廉·福克纳、薇拉·凯瑟、凯瑟琳·安·波特②、尤多拉·韦尔蒂和海明威处在同时代，他经常自吹说："短篇小说没人比我写得好。"已是长辈的罗伯特·弗罗斯特即便已经享有很高声誉，仍觉得很难当个听众，听另一个诗人朗诵诗作，如果那首诗受到好评，他更难受。(约翰·契弗)俏皮地说，俄罗斯诗人叶甫图申科自负到可以"在二十英尺开外打爆水晶"。纳博科夫相信自己比陀思妥耶夫斯基、屠格涅夫、曼、亨利·詹姆斯和乔治·奥威尔更厉害。

---

① 约翰·奥哈拉 (John O'Hara, 1905—1970)，凭借处女作《相约萨马拉》(Appointment in Samarra, 1934) 一举成名，以《北弗里德里克街十号》(Ten North Frederick, 1955) 一书获得美国国家图书奖，并且在《纽约客》杂志发表了数量远多于其他作家的短篇小说。

② 凯瑟琳·安·波特 (Katherine Anne Porter, 1890—1980)，美国文坛上颇负盛名的文体家，其声誉主要建立在所写的短篇小说上。

易卜生在剧作《野鸭》中说到"生活—谎言"——必要的幻想,它让生活成为可能,给我们希望(哪怕这是没道理的希望)。对一些作家而言,"生活—谎言"不可或缺:他们必须相信自己有才华,否则根本写不出东西来。这种信念本身一点儿没错,只是不能与现实生活冲突太大。

要对自己有可靠的评价,我们必须了解主体,也许这是不可能的。我们知道对自己是什么感觉,可这感觉时刻在变;我们的情绪在变,就像窗外的光线一样,强度时时不同。不过,感觉不等于了解,而强烈的感觉会阻碍我们获得知识。我对自己没有什么评价,我只出版我认为自己能写出的最好的作品,除此之外,我无法判断。于我而言,我的生活如一杯水那样透明,没有更多的趣味。我写的东西五花八门,说不清道不明,我自己也想不清楚,只能存在于他人的心中(或者如奥登更有力的说法,在肚子中),任其评判。

作家的工作室①

这个房间没那么宽,但挺长,从我们半玻璃墙的屋子的院落一直延伸到一片树林边。房子在新泽西的霍普韦尔镇郊区/乡下(离普林斯顿大约三英里),树林里有松树、冬青丛和朝鲜梾木,鹿或小动物、小畜群经常在那里游荡。我的书房和屋里其他地方一样,玻璃很多:这是我目前的工作领地,我的书桌在那里,装了七面窗玻璃和一面天窗,亮堂堂的。

我一辈子用过的书桌都面朝窗户。除了二十世纪八十年代末,有两年时间,我用文字处理机工作,非常劳累,其他大部分时间我总是盯着窗外,看看外面有什么,做做白日梦,或陷入沉思。所谓的想象生活大多是做这三样事情,它们无缝对接,倒是有点儿像读字典,我经常这样读字典,沉浸在出神中,充满喜悦,脑袋有点儿发晕,整个上午就这样溜走了。人们认为我"高产",认为我肯定用上每一分钟来写作,这可真是奇怪,实际上,我的亲朋好友都知道,我大部分时间都是望着窗外(我推荐这样做)。

"麦蒂,就是转个弯——就有了自由!"

---

① 本文为2003年连载于《美国诗歌评论》系列文章中的一篇。——原注

艾米莉·狄金森的一个侄女回忆说,一天,诗人带她上楼到卧室里,当时狄金森家在马萨诸塞州的阿默斯特镇。诗人合拢拇指和食指,比画出一把钥匙,把自己锁在里面。转个弯,就有了自由。

我想,我们都是这样的。拥有一间属于自己的宝贵房间,一个私密的地方,一处圣殿。借用罗伯特·弗罗斯特一句名言,我们的私有空间就是我们找到入口后再不会被赶出来的地方。

奥斯卡·王尔德说,仆从目中无英雄。我们可以说,私下里,没有哪个男人或女人是英雄/哲人。

感谢上帝!我们的本能是拒绝神谕,而不是尊敬它,最重要的是,不相信它。

文坛偶像发出的公开谕言一向令人难堪,空洞虚伪,自私自利。这些高大上的词汇如"诗人的角色"——"诗人的声音"——"诗人的良心"——诗人私下里觉得特别缺乏说服力。"我真的说过这种话吗?为什么?肯定是在公共场合说的。"

高谈阔论不是诗歌,空洞浮夸不是文学,理论化大多是自我夸耀,广而告之你能做什么,不过是在你个人的限度内。

不过,我们有时就会发出这样的宣言。作家/诗人年纪越长,疑心越重,这似乎是一种职业的危险性。人年纪越大,耳朵越聋,就会变得越啰唆,说话也越来越晦涩。

在公共场合,我们变成公众人物,可在私下里,我们就"成了"我们自己。

在我的书桌上,有一小堆写着重要资料和警语的纸片,其中有一张手写的纸片,上面的红墨水已经褪色,放在我总能看得见的地方:

> 发生在我身为作家身上的任何事情都由我的一个行动而促成。

这是一个无可争辩的事实。它就是说,一旦事情变得糟糕,我除了自己,不能怪任何人。不能怪怀有敌意的评论者和评论家,谁都不能怪!

我倒愿意认为,严肃的艺术是越界的,令人苦恼的,不会给人以安慰,严肃的艺术家真的不能指望不受人攻击,不受人嘲弄,不受人轻视。一旦这些东西来了,艺术家已经给自己带来了惩罚。也许这种想法不过是我的一己之见,希望为自己免罪。

在我的书房里,就像在任何私密之处,我不得不承认:我们受伤越重,就越会在想象中寻找慰藉,具有讽刺意义的是,我们在孤独中创作的想象性作品越多,就越容易受到批评圈和公众的伤害。于是,我们又回到想象中——明知道更多的伤害会到来。怪异的循环,却有一定的道理。人们常问我一个问题,你是如何写出这么多作品的?不那么常问的问题是,为什么写那么多?

对我来说,写作首先是回想,就是说,"写作"于我不能特别算是语言的工作,对大多数诗人来说肯定也是如此:它在变成真正的语言之前,变成纸上的文字之前,犹如电影片断,是戏剧性的、情感性的、听觉的、闪烁不定的。编辑有时觉得奇怪,公众已经认可的作品,我怎么还要重写?通常,昨天很能接受的小说章节,今天我会推倒重来,以后又会重写今天所写的,我自己也觉得奇怪,我生自己的气,郁闷不已,我总觉得自己有新想法,总有巧妙的表达来说出自己想说的。可以说,我说的这个书房,它的窗户、天窗、警语纸条,还有窗台上的艺术品,和我的写作过程多少是相随相伴的。

在打字机(日本造的斯温特牌,大约能存十页的内容,有打印功能,可转存到磁盘)前,我极少有创意,其实我从不用这种方式强迫自己写作,我需要先进行完全无文字的想象,然后记住。实际上,我很多时候并不待在书房里,我花很多时间在活动上,跑步(我喜欢的活动,跑起步来,我的新陈代谢似乎就"正常"了)、走路、骑车、开车(推荐定速巡航)或坐别人的车,在机场里,在飞机上。在机场里和在飞机上,很多时候!在凌晨的半梦半醒之间,在鲁莽地爬上一天工作的山峦峭壁之前。在这些插曲中,我努力思考接下来要写什么,我努力构想场景,"听人"说话。坐到桌前,我回想,虽然不仅仅是回想。我是这种作家,她在满怀信心和活力落笔前,需要知道作品的结尾是什么。当然,作品还要改进,所有想象性作品一旦根基确定,都会随时间而演化。可是,在有一个很棒的开头前,结尾必须在那里,至少在潜意识里如此。

话说回来,我爱我的书房,这是我回归的地方,这里有我无数的白日梦，粗略的记忆，一张张纸片。（艾米莉·狄金森也在纸片上写字，折起来，放到围裙兜里，等晚上空闲了，回到自己房间里，掏出纸片来思考。）在一天的某些时候，房间里洋溢着光亮，比屋里其他地方要暖和些，对一个极冷血的人来说，这样的空间再理想不过。几天前，一只快长大的小鹿来到窗前，往里瞧着我，我觉得它一脸嘲弄，一脸困惑，这个人类到底在干什么呀？是什么事情让她如此认真？肯定不是她自己吧？那会是什么呢？

金发雄心:乔伊斯·卡罗尔·欧茨访谈
(克雷格·约翰逊)

乔伊斯·卡罗尔·欧茨是小说家,她善于表现宏大的、有争议的、独特的美国主题。

她的长篇小说《他们》获得1970年美国国家图书奖,小说的高潮是描写1967年底特律的种族暴乱。长篇小说《因为它苦涩,因为它是我的心》(1990)描写了一场跨越种族的青春罗曼司。获普利策奖提名的《黑水》(1992)从虚构的角度重新演绎了查帕奎迪克事件,视角是那位溺亡的年轻女人。1995年出版的长篇小说《僵尸》篇幅不长,但令人毛骨悚然。它取材于杰夫瑞·达莫案件,以非常令人信服的细节挖掘一个连环杀手的心理状态。

现在,欧茨完成了迄今为止最长的小说,一部七百三十八页的史诗般作品,讲述诺玛·珍·贝克——她更为人熟知的名字是玛丽莲·梦露——短暂而令人目眩的一生。这部小说可能注定要成为欧茨文学生涯中最具争议的作品。欧茨在位于新泽西州普林斯顿的家里解释她写作《金发女郎》[①](艾柯/哈珀柯林斯出版,2000)的目的和雄心壮志。

[①] 国内已出版的译本名为《浮生如梦》,但考虑到本章的题目与原著的书名 Blonde(金发之意)有暗合之意,这里仍直译为《金发女郎》。

创作《金发女郎》是什么动机？是什么促使您选择玛丽莲·梦露作为小说的焦点？

欧茨：几年前，我碰巧看到诺玛·珍·贝克十七岁时的一张照片，她黑色鬈发稍长，头上插着假花，脖子挂着小盒坠子，看上去一点儿都不像偶像级的"玛丽莲·梦露"，我立刻有一种似曾相识的感觉。这个年轻女孩充满希望地微笑着，充满了美国味儿，一下把我带回到童年时代相识的女孩们，她们有些来自破碎的家庭。有好些天，我兴奋不已，兴高采烈，觉得自己有可能给这个迷失的孤独女孩以生命，这个女孩将很快被成为消费品的偶像"玛丽莲·梦露"所淹没、所毁灭。她的故事具有神话色彩和原型性。当她失去自己的洗礼名诺玛·珍，用上摄影棚的名字"玛丽莲·梦露"的时候，一切都结束了。她不得不把自己的棕色头发染成淡金黄色，忍受脸部美容手术，穿着暴露。我原计划写一部一百七十五页的中篇小说，最后一行将以"玛丽莲·梦露"结束。故事讲述的模式将是童话性的，在我认为合适的限度内尽可能诗意化。

显然，您写出来的是一部长篇小说，而不是中篇小说，发生了什么？

欧茨：在写作过程中，这部"中篇小说"写成了更有深度、节奏更快和史诗般的生活，如此就发展成标准的长篇小说。"发生了什么"通常指发生了这些情况。《金发女郎》有几种风格，不过主要是心理现实主义，而不是童话似的或超现实主义模式。

小说是主人公去世后的叙述。

后来，我放弃了中篇小说，创造了一种"史诗"形式来适应她的生活的复杂性。我的意图是塑造一个代表其时代和地位的女性形象，就像爱玛·包法利那样。（当然，诺玛·珍实际上比爱玛·包法利要更复杂，当然也更令人钦佩。）

是什么让您选择这个非同寻常的视角，就是这个诺玛·珍本人的"逝后叙述"？

欧茨：这个问题不好回答。声音、视角、反讽视角、神话距离：这种不同寻常的距离感带来的效果是我考量的依据，考量一个人在生命终结时，在生命消失的边缘，是怎样如梦般地回味他或她自己的一生，如在童话里，个体生命进入一个抽象的、公共的"后世"。诺玛·珍死了，而"玛丽莲·梦露"这个角色、这个创造物、这个艺术思路将永存于世。

小说超过七百页，这是您最长的小说，不过您的原稿更长，有一千四百页，为什么砍掉这么多？

欧茨：一千四百页的小说肯定要砍的，有些部分要做外科手术似的切除，独立出版，它们都是诺玛·珍个人生命的基本组成部分。对我来说，诺玛·珍的语言多少是"真实的"。

小说这么长，终究是个问题。我的经纪人说，除了日语，版权已经卖给"几乎所有的语种"。如果要翻译成日语，小说的长度要增加三分之一到一半。如果要译成德语，就会是一个很大的大部头！

您创作和大规模修改这部巨著,用时不到一年,过程肯定很紧张吧?

欧茨:现在回头看看这个过程,我想我肯定不愿再来一次。用心理分析的语言来说——即便我们不能"分析"自己——我相信我还是以一种非常偏执的方式,努力将生命赋予诺玛·珍·贝克,让她活着,因为她将代表我自己的一些"生活—元素",我希望还代表了美国的某些"生活—元素"。一个女孩,出身贫困,先被父亲抛弃,后又被母亲抛弃,最后仿佛童话故事一般成了偶像似的"美丽公主",死后又被奉为"二十世纪的性感象征",为其他人带来金钱无数——这太悲哀,太讽刺了。

您是否可以说说创作这部小说的过程?

欧茨:写这么长的小说,叙事声音必须保持一致和流畅。我不断回头,不断重写,写到最后大约两百页时,我开始同时从第一页重写到大约三百页,以确保叙述声音前后一致。(当然,随着诺玛·珍长大,叙述的声音会改变。)实际上,我向所有的小说家推荐这一重写技巧,哪怕小说没这么长,也可以这样做。如果你是园丁,这就像是在翻土。

自二十世纪六十年代以来,很多知名作家——卡波特、维达尔、梅勒、德里罗,还有其他人——他们都以名垂青史(有时是臭名昭著)的历史人物为对象,雄心勃勃地创作小说。您认为《金发女郎》是不是可以归入这种"非虚构小说"的传统？

欧茨：可以说，这一传统源自约翰·多斯·帕索斯的《美国》，它塑造了"真实人物"的生动形象，融入虚构的个性。比如，多斯·帕索斯笔下的亨利·福特显然是 E. L. 多克托罗在《拉格泰姆时代》中大胆描写的先驱。这些作品中有些与其说是严肃刻画出来的"真实人物"，不如说是游戏的或漫画式的描绘。

《金发女郎》绝大部分是小说，称之为"非虚构小说"会产生误导。（我在前言中解释了：如果你想要真实的历史，只能去读传记。传记即便可能达不到百分之百的准确，至少可以断言遵从原本的真实，而小说可以追求精神的或诗意的真实。）

您是否担心玛丽莲·梦露巨大的名声和神话般的生活会影响您追求艺术目标？作为作家，您有什么优势去利用她生活中真实的原材料，而不需要去创作一个完全虚构的女演员来戏剧化您所追求的"精神的或诗意的真实"？

欧茨：我希望从生活中挑选事件、意象和代表性人物，以此获得诗意的、精神的、"内在的"真实，我对纯生活的或历史的材料没有丝毫兴趣。从出版前的反响和访谈来看，公众对这部小说还是很肯定的，理解也到位。当然，总有一些人，不管我们写什么，不管我们写的是纯小说还是依据历史写的小说，他们总会生气或否定。不管别人的反应如何五花八门，难以预测，作家还是不能分心，要一心追求他或她的愿景。

您对梦露的生活和表演艺术做了不少研究。您认为表演和写作之间有何可比之处？您在写这部小说时，有没有逐渐对梦露产生一种亲近感？

欧茨：和我那些写传记或做研究的朋友相比，我算不上做了"不少研究"，倒是为她的"生活"设计了大纲或轮廓，与"时代生活"相切合。(《金发女郎》也算是一部政治小说。好莱坞出现的红色恐慌偏执狂、背叛和背后捅刀，我们可称之为冷战思维的假想。)我希望，我的长一点的小说都是政治性的，但并非强加于人。

剧场/表演是人的一种特别体验，令人着迷。我们为什么愿意"相信"演员的表演，我们明知道戏剧场景是人造的，为什么还会为此大动真情？自1990年以来，我经常去看剧，现在非常佩服导演和演员。诺玛·珍似乎天生会表演，也许正因为她不是科班出身，缺少这一身份的内核。"我想我从不相信自己值得活着，像其他人那样活着，我必须为活着找到理由。"这是诺玛·珍（表演的）台词，我把这句话贴在桌边的墙上。我不知道，我们有多少人深有同感！

在虚构的语境中，您是如何描写真实人物的——比如梦露的第三个丈夫，剧作家阿瑟·米勒？您是否联系过或访谈过米勒，或其他认识梦露的人？

欧茨：没有，我没有就"玛丽莲·梦露"访谈过任何人。我写的不是"玛丽莲·梦露"和谁的关系，诺玛·珍嫁的都是神话般的个人,而不是"历史的"人物。她的丈夫包括前运动员和剧作家。(如果我想写乔·狄马乔和阿瑟·米勒,我就要用另一种方式写这些复杂的男人。实际上,这位剧作家的形象是从内心去呈现的。显然,我认同的是这位剧作家,在小说后半部,他最终成了良心的声音,不过,我肯定不会去读阿瑟·米勒的回忆录,也不会为"梦露"而去采访他。)

梦露作为演员的名声一直颇有争议。您如何评价她的艺术成就?

欧茨: 作为演员,她很有天赋,不可思议。她的同行开始瞧不起她,但最后对她的银幕形象感到敬畏,她的表演比他们大多数人都棒。影视和艺术一样,重要的不是放进去什么,而是走出来什么。就是说,你表演的过程或写作的过程不重要,重要的是它把你带向何处。奇怪的是,过程似乎和最后的产品没什么关系。

您写了《金发女郎》,这是否改变了您对诺玛·珍·贝克的看法?

欧茨: 说到底,我不认为诺玛·珍是一个孤独的、怪异的人,除了她自己,她谁也不代表,不属于任何一类。我现在认为她是一个有普适意义的人物。我当然希望我笔下的她超越了性和性别,希望男性读者和女性读者一样能轻松地认同她。不过对任何人,我都不想说我写了一部心理现实主义小说,讲的是一个"历史的"人物,据说她自杀了,这真的是太……痛苦了。

我和"JCO"

（追随博尔赫斯①）

对这另一个，什么都没有发生，这是事实。我是一个凡人，这一生像一个泳者，怀着极大的兴趣探索未知的水域——我嗜好极少，但极为强烈——而这另一个她只是一个阴影，一片暗影，是眼角一瞥而看到的一个身影。有关"JCO"的传言到我耳朵前已经转了好几道，她的历史存在通常模糊不清，看法有冲突，荒唐可笑。然而，作品是存在的，作家却不——作家都知道这一点。没错，我看了她的照片——我的"模样"——可照片不同，"模样"也不同，那表情总是有一点儿困惑。这个表情似乎在说，我承认，我和"JCO"用同一个名字，分享同一张脸，可这不过是图个省事，请不要上当受骗！

"JCO"不是一个人，甚至不是一种人格，而是一个过程，其结果是一系列文本，其中一些文本留在我的（我们的）记忆中，一些已经褪色，就像印有字的书页在阳光下晒得太久。很多文本被翻译成外文，这就是说，离源文本又远了一层——有时在其中一本书的封面上，作者都认不出自己的名字了。相反，

---

① 博尔赫斯（Jorge Luis Borges，1899—1986），阿根廷诗人、小说家、散文家兼翻译家，被誉为作家中的考古学家。博尔赫斯写过一篇《博尔赫斯和我》，欧茨在这里"追随博尔赫斯"即指仿此文而作。

我注定是"真实的"——"实实在在的"——"有血有肉的"——"存在于时间之中"。我一直在老去,哪怕不是一个小时一个小时,也是一年一年地老去,而另外那个"JCO"仍在那里,年龄不明——她的本质是精神的,也许永远处于理想主义的狂热和愤世嫉俗的冰冷之间,永远是早熟的十八岁。然而,一个过程可以说有年龄吗?——一种冲动,一种策略,一种执着的修饰,就像行星轨道,行星,"真正的"行星必须依轨道而旋转吗?

没人愿意相信这个显而易见的事实:"艺术家"可以存在于任何一个个体身上,因为个体与"艺术"无关。(那么,什么是"艺术"?——是穿过时间的火焰风暴,它来自隐而不见的源头,不遵守任何逻辑或因果关系。)"JCO"偶尔开采和扭曲我的个人历史,只因为那历史随手可用,只因为这历史中有些特质符合她的设计,或有些奇异的元素具有象征意义。你是我的一个朋友,如果你出现在她的作品中,不要害怕——你不会认出自己的,至多是我认出你。

如果说在任何情感的意义上我们是敌对关系,那是有误导性的,因为她无形无状,没有存在,没有情感;如果把我们定义为反磁性的,这可能更好理解。我们一方排斥另一方,有如磁的一极排斥另一极,"JCO"使我黯然失色,或我使"JCO"黯然失色,这相对少见,这得看我的意志力有多强大。

如果我们中的一个必须牺牲,那总会是我。

就这样,我的生命走过了几十年……和这引人注目的另一个没有丝毫关系,我只是碰巧和她分享同一个名字和同一个形象。这一事实似乎是不言而喻的,那就是我不过是一扇门,供她进入——"它"进入——不过其他任何一扇门都可以这样做。你要进入一个有墙的花园,从哪个门进去重要吗?一旦你进到里面,关上了门,哪个门还重要吗?

只有这一次,是我而不是她正在写下这些文字,或许只是我相信是这样的。